学生阅读馆

Xuesheng Yuedu Guan

倾听徐志摩

Qing Ting Xuzhimo

我所知道的康桥

徐志摩 著

吾人 选编

倾听文学书系

中国广播电视出版社

CHINA RADIO & TELEVISION PUBLISHING HOUSE

图书在版编目（CIP）数据

倾听徐志摩：我所知道的康桥／徐志摩著；吾人选编．--北京：中国广播电视出版社，2013.5

（倾听文学书系．学生阅读馆）

ISBN 978－7－5043－6869－0

Ⅰ.①倾… Ⅱ.①徐… ②吾… Ⅲ.①徐志摩（1896～1931）—选集 Ⅳ.①I216.2

中国版本图书馆CIP数据核字（2013）第054028号

倾听徐志摩——我所知道的康桥

徐志摩 著　吾人 选编

责任编辑	李晓霖
封面设计	亚里斯
责任校对	张莲芳
出版发行	中国广播电视出版社
电　　话	010－86093580　010－86093583
社　　址	北京市西城区真武庙二条9号
邮政编码	100045
网　　址	www.crtp.com.cn
电子信箱	crtp8@sina.com
经　　销	全国各地新华书店
印　　刷	涿州市京南印刷厂
开　　本	680毫米×980毫米　1/16
字　　数	160(千)字
印　　张	13.25
版　　次	2013年5月第1版　2013年5月第1次印刷
书　　号	ISBN 978－7－5043－6869－0
定　　价	26.00元

目录

理想情操杂谈

记游山川名城

诉说恋情悲欢

怀念亲朋故友

倾听徐志摩

·理想情操杂谈·

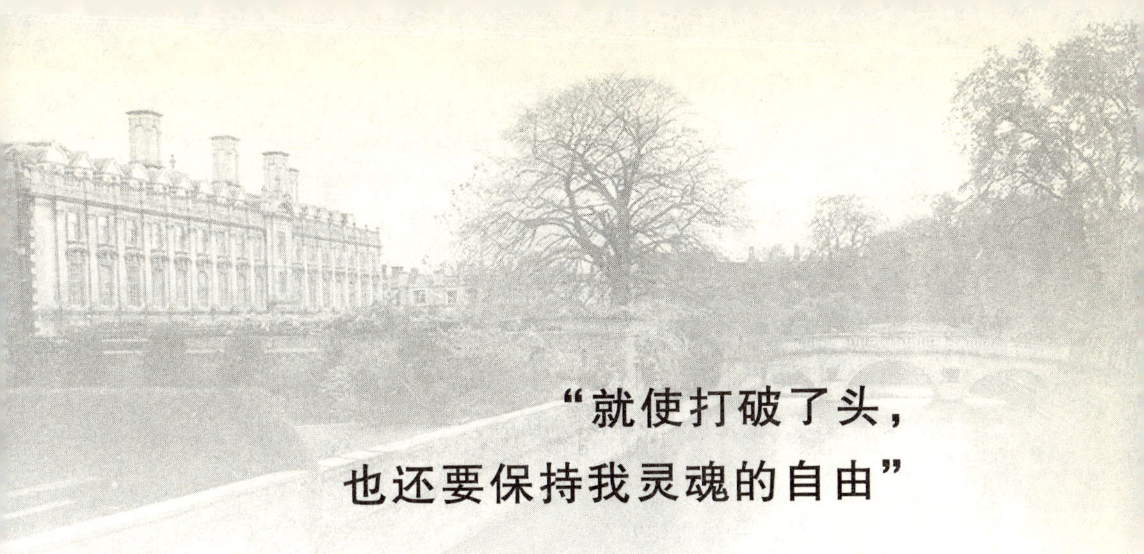

“就使打破了头，也还要保持我灵魂的自由”

照群众行为看起来，中国人是最残忍的民族。照个人行为看起来，中国人大多数是最无耻的个人。慈悲的真义的感觉人类应感觉的感觉，和有胆量来表现内动的同情。中国人只会在杀人场上听小热昏，决不会在法庭上贺喜判决无罪的刑犯；只想把洁白的人齐拉入混浊的水里，不会原谅拿人格的头颅去撞开地狱门的牺牲精神，只是“幸灾乐祸”，“投井下石”，不会冒一点子险去分肩他人为正义而奋斗的负担。

从前在历史上，我们似乎听见过有什么义呀侠呀，什么当仁不让，见义勇为的榜样呀，气节呀，廉洁呀，等等。如今呢，只听见神圣的职业者接受蜜甜的“冰炭散”，磕拜寿祝福的响头，到处只见拍卖人格、“贱卖灵魂”的招贴。这是革命最彰明的成绩，这是华族民国最动人的广告！

“无理想的民族必亡”，是一句不刊的真言。我们目前的社会政治走的只是卑污苟且的路，最不能容许的是理想，因为理想好比一面大镜子，若然摆在面前，一定照出魑魅魍魉的丑迹。莎士比亚的丑鬼卡立朋（Caliban）有时在海水里照出他自己的尊容，总是老羞成怒的。

所以每次有理想主义的行为或人格出现，这卑污苟且的社会一定不能容忍；不是拳打脚踢，也总是冷嘲热讽，总要把那三闾大夫硬推入汨罗江底，他们方才放心。

我们从前是儒教国，所以从前理想人格的标准是智仁勇。现在不知道变成了什么国了，但目前最普通人格的通性，明明是愚暗残忍懦怯，正得一个反面，但是真理正义是永生不灭的圣火；也许有的遭被蒙盖掩翳罢了。

大多数的人一天二十四点钟的时间内，何尝没有一刹那清明之气的回复？但是谁有胆量来想他自己的想，感觉他内动的感觉，表现他正义的冲动呢？

蔡元培所以是个南边人说的“戆大”，愚不可及的书呆子，卑污苟且社会里的一个最不合时宜的理想者。所以他的话是没有人能懂的；他的主张，他的理想，尤其是一盆飞旺的炭火，大家怕炙手，如何敢去抓呢？

“小人知进而不知退”，

“不忍为同流合污之苟安”，

“不合作主义”，

“为保持人格起见……”

“生平仅知是非公道，从不以人为单位。”这些话有多少人能懂，有多少人敢懂？

这样的一个理想者，非失败不可；因为理想者总是失败的。若然理想胜利，那就是卑污苟且的社会政治失败——那是一个过于奢侈的希望了。

有知识有胆量能感觉的男女同志，应该认明此番风潮是个道德问题；随便彭允彝京津各报如何淆惑，如何谣传，如何去牵涉政党，总不能掩没这风潮里面的一点子理想的火星。要保全这点子小小的火星不灭，是我们的责任，是我们良心上的负担，我们应该积极同情这番拿人格头颅去撞开地狱门的精神！

（选自一九二三年一月二十八日《努力》周报）

一封信

（给抱怨生活干燥的朋友）

得到你的信，像是掘到了地下的珍藏，一样的稀罕一样的宝贵；

看你的信，像是看古代的残碑，表面是模糊的，意致却是深微的；

又像是在尼罗河边幕夜，在月亮正照着金字塔的时候，梦见一个穿黄金袍服的帝王，对着我做谜语，我知道他的意思，他说：“我无非是一个体面的木乃伊”；

又像是我在这重山脚下半夜梦醒时，听见松林里夜鹰的 Soprano，可怜的遭人厌毁的鸟，他虽则没有子规那样天赋的妙舌，但我却懂得他的怨愤，他的理想，他的急调是他的嘲讽与咒诅；我知道他怎样的鄙蔑一切，鄙蔑光明，鄙蔑烦嚣的燕雀，也鄙弃自喜的画眉；

又像是我在普陀山发现的一个奇景；外面看是一大块岩石，但里面却早被海水蚀空，只剩罗汉头似的一个脑壳，每次海涛向这岛身搂抱时，发出极奥妙的音响，像是情话，像是咒诅，像是祈祷，在雕空的石笋、钟乳间呜咽，像大和琴的谐音在皋雪格的古寺的花椽、石楹间回荡——但除非你有耐心与勇气，攀下几重的石岩，俯身下去凝神的察看与倾听，你也许永远不会想象，不必说发现这样的秘密；

又像是……但是我知道，朋友，你已经听够了我的比喻，也许你愿意听我自然的嗓音与不做作的语调，不愿意收受用幻想的亮箔包裹着的话，虽则，我不能不补一句，你自己就是最喜欢从一个弯曲的白银喇叭里，吹弄你的古怪的调子。

你说："风大土大生活干燥。"这话仿佛是一阵奇怪的凉风，使我感觉到一个恐惧的战栗；像一团飘零的秋叶，使我的灵魂里掉下一滴悲悯的清泪；

我的记忆里，我似乎自信，并不是没有葡萄酒的颜色与香味，并不是没有妩媚的微笑的痕迹，我想我总可以抵抗你那灰色的语调的影响——

是的，昨天下午我在田里散步的时候，我不是分明看见两块凶恶的黑云消灭在太阳猛烈的光焰里，五只小山羊，兔子一样的白净，听着它们妈的吩咐在路旁寻草吃，三个割草的小孩在一个稻屯前抛掷镰刀；自然的活泼给我不少的鼓舞，我对着白云里矗着的宝塔喊说我知道生命是有意趣的；

今天太阳不曾出来，一捆捆的云在空中紧紧的挨着，你的那句话碰巧又添上了几重云蒙，我又疑惑昨天的宣言了。

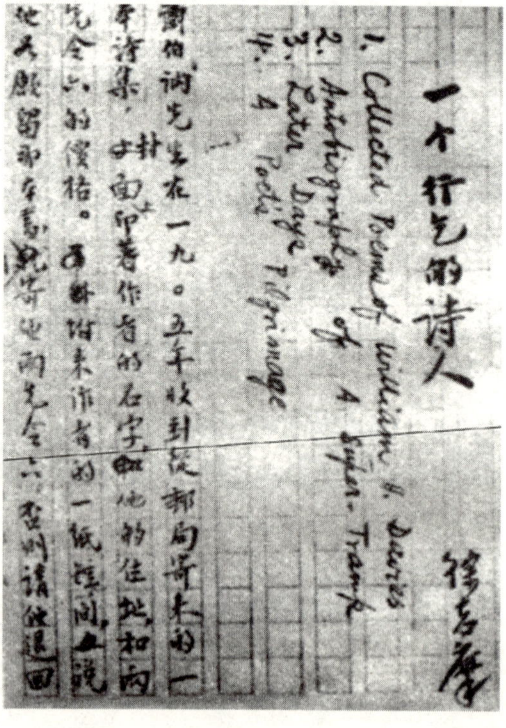

我又觉得奇怪，朋友，何以你那句话在我的心里，竟像白垩涂在玻璃上，这半透明的沉闷是一种很巧妙的刑罚，我差不多要喊痛了；

我向我的窗外望，暗沉沉的一片，也没有月亮，也没有星光，日光更不必想，他早已离别了，那边黑蔚蔚的是林子，树上，我知道是夜鹗的寓处，树下累累的在初夜的微茫中排列着，我也知道，是坟墓，僵的白骨埋在硬的泥里，磷火也不见一星，这样的静，这样的惨，黑夜的胜利是完全的了；

我闭着眼向我的灵府里问讯，呀，我竟寻不到一个与干燥脱离的生活的意向；干燥像一个影子，永远跟着生活的脚后，又像是葱头的葱管，永远附着在生活的头顶，这是一件奇事；

朋友，我抱歉，我不能答复你的话，虽然我很想，我不是爽恺的西风，吹不散天上的云罗，我手里只有一把粗拙的泥锹，和如其有美丽的理想或是希望要埋葬，我的工作倒是现成的——我也有过我的经验；

朋友，我并且恐怕，说到最后，我只得收受你的影响，因为你那句话已经凶狠的咬入我的心里，像一个有毒的蝎子，已经沉沉的压在我的心上，像一块盘陀石，我只能忍耐，我只能忍耐……

（写于一九二四年二月二十六日，选自一九二四年三月二十一日《晨报副刊·文学旬刊》）

海滩上种花

朋友是一种奢华：且不说酒肉势利，那是说不上朋友，真朋友是相知，但相知谈何容易，你要打开人家的心，你先得打开你自己的，你要在你的心里容纳人家的心，你先得把你的心推放到人家的心里去：这真心或真性情的相互的流转，是朋友的秘密，是朋友的快乐。但这是说你内心的力量够得到，性灵的活动有富余，可以随时开放，随时往外流，像山里的泉水，流向容得住你的同情的沟槽；有时你得冒险，你得化本钱，你得抵拚在巉岈的乱石间，触刺的草缝里耐心的寻路，那时候艰难，苦痛，消耗，实在是可能的，在你这水一般灵动，水一般柔顺的寻求同情的心能找到平安欣快以前。

我所以说朋友是奢华，“相知”是宝贝，但得拿真性情的血本去换，去拚。因此我不敢轻易说话，因为我自己知道我的来源有限，十分的谨慎尚且不时有破产的恐惧；我不能随便“化”。前天有几位小朋友来邀我跟你们讲话，他们的恳切折服了我，使我不得不从命，但是小朋友们，说也惭愧，我拿什么来给你们呢？

我最先想来对你们说些孩子话，因为你们都还是孩子。但是那孩子的我到哪里去了？仿佛昨天我还是个孩子，今天不知怎的就变了样。什么是孩子？要不为一点活泼的天真，但天真就比是泥土里的嫩芽，天冷泥土硬就压住了它的生机——这年头问谁去要和暖的春风？

孩子是没了。你记得的只是一个不清切的影子，模糊得紧，我这时候想起就像是一个瞎子追念他自己的容貌，一样的记不周全；他即使想急了

拿一双手到脸上去印下一个模子来，那模子也是个死的。真的没了。一天在公园里见一个小朋友不提多么活动，一忽儿上山，一忽儿爬树，一忽儿溜冰，一忽儿干草里打滚，要不然就跳着憨笑；我看着羡慕，也想学样，跟他一起玩，但是不能，我是一个大人，身上穿着长袍，心里存着体面，怕招人笑，天生的灵活换来矜持的存心——孩子，孩子是没有的了，有的只是一个年岁与教育蛀空了的躯壳，死僵僵的，不自然的。

我又想找回我们天性里的野人来对你们说话。因为野人也是接近自然的；我前几年过印度时得到极刻心的感想，那里的街道房屋以及土人的体肤容貌，生活的习惯，虽则简，虽则陋，虽则不夸张，却处处与大自然——上面碧蓝的天，火热的阳光，地下焦黄的泥土，高矗的椰树——相调谐，情调，色彩，结构，看来有一种意义的一致，就比是一件完美的艺术的作品。也不知怎的，那天看了他们的街，街上的牛车，赶车的老头露着他的赤光的头颅与紫姜色的圆肚，他们的庙，庙里的圣像与神座前的花，我心里只是不自在，就仿佛这情景是一个熟悉的声音的叫唤，叫你去跟着他，你的灵魂也何尝不活跳跳的想答应一声“好，我来了”，但是不能，又有碍路的挡着你，不许你回复这叫唤声启示给你的自由。困着你的是你的教育；我那时的难受就比是一条蛇摆脱不了困住他的一个硬性的外壳——野人也给压住了，永远出不来。

所以今天站在你们上面的我不再是融会自然的野人，也不是天机活灵的孩子：我只是一个“文明人”，我能说的只是“文明话”。但什么是文明只是堕落？文明人的心里只是种种虚荣的念头，他到处忙不算，到处都得计较成败。我怎么能对着你们不感觉惭愧？不了解自然不仅是我的心，我的话也是的。并且我即使有话说也没法表现，即使有思想也不能使你们了解；内里那点子性灵就比是在一座石壁里牢牢的砌住，一丝光亮都不透，就凭这双眼望见你们，但有什么法子可以传达我的意思给你们，我已经忘却了原来的语言，还有什么话可说的？

但我的小朋友们还是逼着我来说谎（没有话说而勉强说话便是谎）。知识，我不能给；要知识你们得请教教育家去，我这里是没有的。智慧，更没有了：智慧是地狱里的花果，能进地狱更能出地狱的才采得着智慧，不去地狱的便没有智慧——我是没有的。

我正发窘的时候，来了一个救星——就是我手里这一小幅画，等我来讲道理给你们听。这张画是我的拜年片，一个朋友替我制的。你们看这个小孩子在海边沙滩上独自的玩，赤脚穿着草鞋，右手提着一枝花，使劲把它往沙里栽，左手提着一把浇花的水壶，壶里水点一滴滴的往下掉着。离着小孩不远看得见海里翻动着的波澜。

你们看出了这画的意思没有？

在海砂里种花。在海砂里种花！那小孩这一番种花的热心怕是白费的了。砂碛是养不活鲜花的，这几点淡水是不能帮忙的；也许等不到小孩转身，这一朵小花已经支不住阳光的逼迫，就得交卸他有限的生命，枯萎了去。况且那海水的浪头也快打过来了，海浪冲来时不说这朵小小的花，就是大根的树也怕站不住——所以这花落在海边上是绝望的了，小孩这番力量准是白花的了。

你们一定很能明白这个意思。我的朋友是很聪明的，他拿这画意来比

我们一群呆子，乐意在白天里做梦的呆子，满心想在海砂里种花的傻子。画里的小孩拿着有限的几滴淡水想维持花的生命，我们一群梦人也想在现在比沙漠还要干枯、比沙滩更没有生命的社会里，凭着最有限的力量，想下几颗文艺与思想的种子，这不是一样的绝望，一样的傻？想在海砂里种花，想在海砂里种花，多可笑呀！但我的聪明的朋友说，这幅小小画里的意思还不止此；讽刺不是她的目的。她要我们更深一层看。在我们看来海砂里种花是傻气，但在那小孩自己却不觉得。他的思想是单纯的，他的信仰也是单纯的。他知道的是什么？他知道花是可爱的，可爱的东西应得帮助他发长；他平常看见花草都是从地土里长出来的，他看来海砂也只是地，为什么海砂里不能长花他没有想到，也不必想到，他就知道拿花来栽，拿水去浇，只要那花在地上站直了他就欢喜，他就乐，他就会跳他的跳，唱他的唱，来赞美这美丽的生命，以后怎么样，海砂的性质，花的命运，他全管不着！我们知道小孩们怎样的崇拜自然，他的身体虽则小，他的灵魂却是大着，他的衣服也许脏，他的心可是洁净的。这里还有一幅画，这是自然的崇拜，你们看这孩子在月光下跪着拜一朵低头的百合花，这时候他的心与月光一般的清洁，与花一般的美丽，与夜一般的安静。我们可以知道到海边上来种花那孩子的思想与这月下拜花的孩子的思想会得跪下的——单纯，清洁，我们可以想象那一个孩子把花栽好了也是一样来对着花膜拜祈祷——他能把花暂时栽了起来便是他的成功，此外以后怎么样不是他的事情了。

你们看这个象征不仅美，并且有力量；因为它告诉我们单纯的信心是创作的泉源——这单纯的烂漫的天真是最永久最有力量的东西，阳光烧不焦他，狂风吹不倒他，海水冲不了他，黑暗掩不了他——地面上的花朵有被摧残有消灭的时候，但小孩爱花种花这一点“真”却有的是永久的生命。

我们来放远一点看，我们现有的文化只是人类在历史上努力与牺牲的成绩。为什么人们肯努力肯牺牲？因为他们有天生的信心；他们的灵魂认识什么是真什么是善什么是美，虽则他们的肉体与智识有时候会诱惑他们反着方向走路；但只是他们认明一件事情是有永久价值的时候，他们就自然的会得兴奋，不期然的自己牺牲，要在这忽忽变动的声色的世界里，赎出几个永久不变的原则的凭证来。耶稣为什么不怕上十字架？弥尔顿何以瞎了眼还要做诗，贝多芬何以聋了还要制音乐，米开朗其罗为什么肯积受几个月的潮湿不顾自己的皮肉与靴子连成一片的用心思，为的只是要解决一个小小的美术问题？为什么永远有人到冰洋尽头雪山顶上去探险？为什么科学家肯在显微镜底下或是数目字中间研究一般人眼看不到心想不通的道理消磨他一生的光阴？

为的是这些人道的英雄都有他们不可摇动的信心；像我们在海砂里种花的孩子一样，他们的思想是单纯的——宗教家为善的原则牺牲，科学家为真的原则牺牲，艺术家为美的原则牺牲——这一切牺牲的结果便是我们现有的有限的文化。

你们想想在这地面上做事难道还不是一样的傻气——这地面还不与海砂一样不容你生根；在这里的事业还不是与鲜花一样的娇嫩？——潮水过来可以冲掉，狂风吹来可以折坏，阳光晒来可以熏焦我们小孩子手里拿着往砂里栽的鲜花，同样的，我们文化的全体还不一样有随时可以冲掉折坏熏焦的可能吗？巴比伦的文明现在哪里？彭拜城曾经在地下埋过千百年，克利脱的文明直到最近五六十年间才完全发见。并且有时一件事实体的存在并不能证明他生命的继续。这区区地球的本体就有一千万个毁灭的可能。人们怕死不错，我们怕死人，但最可怕的不是死的死人，是活的死人，单有躯壳生命没有灵性生活是莫大的悲惨；文化也有这种情形，死的文化倒也罢了，最可怜的是勉强喘着气的半死的文化。你们如其问我要例子，我就不迟疑的回答你说，朋友们，贵国的文化便是一个喘着气的活死人！时候已经很久的了，自从我们最后的几个祖宗为了不变的原则牺牲他们的呼吸与血液，为了不死的生命牺牲他们有限的存在，为了单纯的信心遭受当时人的讪笑与侮辱。自从我们最后听见普遍的声音像潮水似的充满着地面，自从我们最后看见强烈的光明像彗星似的劫扫过地面。时候已经很久的了，自从我们最后为某种主义流过火热的鲜血，自从我们的骨髓里有胆量，我

们的说话里有力量。这是一个极伤心的反省！我真不知道这时代犯了什么不可赦的大罪，上帝竟狠心的赏给我们这样恶毒的刑罚？你看看这年头到哪里去找一个完全的男子或是一个完全的女子——你们去看去，这年头哪一个男子不是阳痿，哪一个女子不是鼓胀！要形容我们现在受罪的时期，我们得发明一个比丑更丑、比脏更脏、比下流更下流、比苟且更苟且、比懦怯更懦怯的一类生字去！朋友们，真的我心里常常害怕，害怕下回东风带来的不是我们盼望中的春天，不是鲜花青草蝴蝶飞鸟，我怕他带来一个比冬天更枯槁、更凄惨、更寂寞的死天——因为丑陋的脸子不配穿漂亮的衣服，我们这样丑陋的变态的人心与社会凭什么权利可以问青天要阳光，问地面要青草，问飞鸟要音乐，问花朵要颜色？你问我明天天会不会放亮？我回答说我不知道，竟许不！

归根是我们失去了我们灵性努力的重心，那就是一个单纯的信仰，一点烂漫的童真！不要说到海滩去种花——我们都是聪明人谁愿意做傻瓜去——就是在你自己院子里种花你都懒怕动手哪！最可怕的怀疑的鬼与厌世的黑影已经占住了我们的灵魂！

所以朋友们，你们都是青年，都是春雷声响不会停止时破绽出来的鲜花，你们再不可堕落了——虽则陷阱的大口满张在你的跟前，你不要怕，你把你的烂漫的天真倒下去，填平了它再往前走——你们要保持那一点的信心，这里面连着来的就是精力与勇敢与灵感——你们要不怕做小傻瓜，尽量在这人道的海滩边种你的鲜花去——花也许会消灭，但这种花的精神是不烂的！

（写于一九二四年，选自《落叶》）

雪花的快乐

假如我是一朵雪花，
翩翩的在半空里潇洒，
我一定认清我的方向——
飞扬，飞扬，飞扬，——
这地面上有我的方向。

不去那冷寞的幽谷，
　不去那凄清的山麓，
也不上荒街去惆怅——
飞扬，飞扬，飞扬，——
你看，我有我的方向！

在半空里娟娟的飞舞，
认明了那清幽的住处，
等着她来花园里探望——
飞扬，飞扬，飞扬，——
　啊，她身上有硃砂梅的清香！

那时我凭藉我的身轻，
盈盈的，沾住了她的衣襟，

贴近她柔波似的心胸——
消溶，消溶，消溶——
溶入了她柔波似的心胸！

（写于一九二四年十二月三十日，初载一九二五年一月十七日《现代评论》第一卷第六期）

无题

原是你的本分，朝山人的胫踝，
这荆刺的伤痛！回看你的来路，
看那草丛乱石间斑斑的血迹，
在暮霭里记认你从来的踪迹！
且缓抚摩你的肢体，你的止境
还远在那白云环拱处的山岭！

无声暮烟，远从那山麓与林边，
渐渐的潮没了这旷野，这荒天，
你渺小的孑影面对这冥盲的前程，
像在怒涛间的轻航失去了南针；
更有那黑夜的恐怖，悚骨的狼嗥，
狐鸣，鹰啸，蔓草间有蝮蛇缠绕！

退后？——昏夜一般的吞蚀血染的来踪，
倒地？——这懦怯的累赘问谁去收容？
前冲？阿，前冲！冲破这黑暗的冥凶，
冲破一切的恐怖，迟疑，畏葸，苦痛，
血淋漓的践踏过三角棱的劲刺，
丛莽中伏兽的利爪，蜿蜒的虫豸！

前冲；灵魂的勇是你成功的秘密！
这回你看，在这决心舍命的瞬息，
迷雾已经让路，让给不变的天光，
一弯青玉似的明月在云隙里探望，
依稀窗纱间美人启齿的瓠犀，——
那是灵感的赞许，最恩宠的赠与！

更有那高峰，你那最想望有高峰，
亦已涌现在当前，连苞似的玲珑，
在蓝天里，在月华中，农艳，崇高，——
朝山人，这异象便是你跋涉的酬劳！

（写作时间和发表刊物不详）

毒药

今天不是我歌唱的日子，我口边涎着狞恶的微笑，不是我说笑的日子，我胸怀间插着发冷光的利刃；

相信我，我的思想是恶毒的，因为这世界是恶毒的；我的灵魂是黑暗的，因为太阳已经灭绝了光彩，我的声调是像坟堆里的夜鸮，因为人间已经杀尽了一切的和谐，我口音像是冤鬼责问他的仇人，因为一切恩已经让路给一切的怨；

但是相信我，真理是在我的话里，虽则我的话像是毒药，真理是永远不含糊的，虽则我的话里仿佛有两头蛇的舌，蝎子的尾尖，蜈蚣的触须；只因为我的心里充满着比毒药更强烈，比咒诅更狠毒，比火焰更猖狂，比死更深奥的不忍心与怜悯心与爱心，所以我说的话是毒性的，咒诅的，燎灼的，虚无的；

相信我，我们的一切准绳已经埋没在珊瑚土打紧的墓宫里，最劲冽的祭肴的香味也穿不透这严封的地层；一切的准则是死了的；

我们一切的信心像是顶烂在树枝上的风筝，我们手里擎着这迸断的鹞线；一切的信心是烂了的；

相信我，猜疑的巨人的黑影；像一块乌云似的，已经笼盖着人间一切的关系：人子不再悲哭他新死的亲娘，兄弟不再来携着他姐妹的手，朋友变成了寇仇，看家的狗回头来咬他主人的腿；是的，猜疑淹没了一切；在路旁坐着啼哭的，在街心里站着的，在你窗前探望的，都是被奸污的处女；池潭里只见些烂破的鲜艳的荷花；

在人道恶浊的涧水里流着、浮沉似的五具残缺的尸体，他们是仁义礼智信，向着时间无尽的海澜里流去；

这海是一个不安靖的海，波涛猖獗地翻着，在每个浪头的小白旗上分明的写着人欲与兽性；

到处是奸淫的现象，贪心搂抱着正义，猜忌逼迫着同情，懦怯狎亵着勇敢，肉欲侮弄着恋爱，暴力侵凌着人道，黑暗践踏着光明；

听呀，这一片淫猥的声响，听呀，这一片残暴的声响；虎狼在热闹的市街里，强盗在你们妻子的床上，罪恶在你们深奥的灵魂里……

（写于一九二四年九月，选自《落叶》）

婴儿

我们要盼望一个伟大的事实出现，我们要守候一个馨香的婴儿出世：——

你看他那母亲在她生产的床上受罪！她那少妇的安详、柔和、端丽，现在在剧烈的阵痛里变形成不可信的丑恶：你看她那遍体的筋络都在她薄嫩的皮肤底里暴涨着，可怕的青色与紫色，像受惊的水青蛇在田沟里急泅似的，汗珠粘在她的前额上像一颗颗的黄豆，她的四肢与身体猛烈的抽搐着，畸屈着，奋挺着，纠旋着，仿佛她垫着的席子是用针尖编成的，仿佛她的帐围是用火焰织成的；

一个安详的，镇定的，端庄的，美丽的少妇，现在在阵痛的残酷里变形成魔鬼似的可怖：她的眼，一时紧紧的阖着，一时巨大的睁着，她那眼，原来像冬夜池潭里反映着的明星，现在吐露着青黄色的凶焰，眼睛像烧红的炭火，映射出她灵魂最后的奋斗，她的原来朱红色的口唇，现在像是炉底的冷灰，她的口颤着，撅着，扭着，死神的热烈的亲吻不容许她一息的平安，她的发是散披着，横在口边，漫在胸前，像揪乱的麻丝，她的手指间紧抓着几穗拧下来的乱发；

这母亲在她生产的床上受罪：——

但她还不曾绝望，她的生命挣扎着血与肉与骨与肢体的纤维，在危崖的边沿上，抵抗着，搏斗着，死神的逼迫；

她还不曾放手，因为她知道（她的灵魂知道！），这苦痛不是无因的，因为她知道她胎宫里孕育着一点比她自己更伟大的生命的种子，包涵着一

个比一切更永久的婴儿；

因为她知道这苦痛是婴儿要求出世的征候，是种子在泥土里爆裂成美丽的生命的消息，是她完成她自己生命的使命的时机；

因为她知道忍耐是有结果的，在她剧痛的昏瞀中，她仿佛听着上帝准许人间祈祷的声音，她仿佛听着天使们赞美未来的光明的声音；

因此她忍耐着，抵抗着，奋斗着……她抵拚绷断她统体的纤微，她要赎出在她那胎宫里动荡的生命，在她一个完全美丽的婴儿出世的盼望中，最锐利，最沉酣的痛感逼成了最锐利最沉酣的快感……

（写于一九二四年九月，选自《落叶》）

“迎上前去”

这回我不撒谎，不打隐谜，不唱反调，不来烘托；我要说几句至少我自己信得过的话，我要痛快的招认我自己的虚实，我愿意把我的花押画在这张供状的末尾。

我要求你们大量的容许，准我在我第一天接手晨报副刊的时候，介绍我自己，解释我自己，鼓励我自己。

我相信真的理想主义者是受得住眼看他往常保持着的理想煨成灰，碎成断片，烂成泥，在这灰、这断片、这泥的底里，他再来发现他更伟大、更光明的理想。我就是这样的一个。

只有信生病是荣耀的人们才来不知耻的高声嚷痛；这时候他听着有脚步声，他以为有帮助他的人向着他来，谁知是他自己的灵性离了他去！真有志气的病人，在不能自己豁脱苦痛的时候，宁可死休，不来忍受医药与慈善的侮辱。我又是这样的一个。

我们在这生命里到处碰头失望，连续遭逢“幻灭”，头顶只见乌云，地下满是黑影，同时我们的年岁、病痛、工作、习惯，恶狠狠的压上我们的肩背，一天重似一天，在无形中嘲讽的呼喝着，“倒，倒，你这不量力的蠢才！”因此你看这满路的倒尸，有全死的，有半死的，有爬着挣扎的，有默无声息的……嘿！生命这十字架，有几个人扛得起来？

但生命还不是顶重的担负，比生命更重实更压得死人的是思想那十字架。人类心灵的历史里能有几个天成的孟贲乌获？在思想可怕的战场上我们就只有数得清有限的几具光荣的尸体。

我不敢非分的自夸；我不够狂，不够妄。我认识我自己力量的止境，但我却不能制止我看了这时候国内思想界萎瘪现象的愤懑与羞恶。我要一把抓住这时代的脑袋，问它要一点真思想的精神给我看看——不是借来的税来的冒来的描来的东西，不是纸糊的老虎，摇头的傀儡，蜘蛛网幕面的偶像；我要的是筋骨里迸出来，血液里激出来，性灵里跳出来，生命里震荡出来的真纯的思想。我不来问他要，是我的懦怯；他拿不出来给我看，是他的耻辱。朋友，我要你选定一边，假如你不能站在我的对面，拿出我要的东西来给我看，你就得站在我这一边，帮着我对这时代挑战。

我预料有人笑骂我的大话。是的，大话。我正嫌这年头的话太小了，我们得造一个比小更小的字来形容这年头听着的说话，写下印成的文字；我们得请一个想象力细致如史魏夫脱（Dean Swift）的来描写那些说小话的小口，说尖话的尖嘴。一大群的食蚁兽！他们最大的快乐是忙着他们的尖喙在泥土里垦寻细微的蚂蚁。蚂蚁是吃不完的，同时这可笑的尖嘴却益发不住的向尖的方向进化，小心再隔几代连蚂蚁这食料都显太大了！

我不来谈学问，我不配，我书本的知识是真的十二分的有限。年轻的时候我念过几本极普通的中国书，这几年不但没有知新，温故都说不上，我实在是固陋，但我却抱定孔子的一名话“知之为知之，不知为不知，是知也”，决不来强不知为知；我并不看不起国学与研究国学的学者，我十二分尊敬他们，只是这部分的工作我只能艳羡的看他们去做，我自己恐怕不但今天，竟许这辈子都没希望参加的了。外国书呢？看过的书虽则有几本，但是真说得上“我看过的”能有多少，说多一点，三两篇戏，十来首诗，五六篇文章，不过这样罢了。

科学我是不懂的，我不曾受过正式的训练，最简单的物理化学，都说不明白，我要是不预备就去考中学校，十分里有九分是落第，你信不信天上我只认识几颗大星，地上几棵大树；这也不是先生教我的；从先生那里学来的，十几年学校教育给我的，究竟有些什么，我实在想不起，说不上，我记得的只是几个教授可笑的嘴脸与课堂里强烈的催眠的空气。

我人事的经验与知识也是同样的有限。我不曾做过工；我不曾尝味过生活的艰难，我不曾打过仗，不曾坐过监，不曾进过什么秘密党，不曾杀过人，不曾做过买卖，发过一个大的财。

所以你看，我只是个极平常的人，没有出人头地的学问，更没有非常的经验。但同时我自信我也有我与人不同的地方。我不曾投降这世界。我不受它的拘束。

我是一只没笼头的野马，我从来不曾站定过。我人是在这社会里活着，我却不是这社会里的一个，像是有离魂病似的，我这躯壳的动静是一件事，我那梦魂的去处又是一件事。我是一个傻子：我曾经妄想在这流动的生里发现一些不变的价值，在这打谎的世上寻出一些不磨灭的真，在我这灵魂的冒险是生命核心里的意义；我永远在无形的经验的巉岩上爬着。

冒险——痛苦——失败——失望，是跟着来的，存心冒险的人就得打算他最后的失望；但失望却不是绝望，这分别很大。我是曾经遭受失望的打击，我的头是流着血，但我的脖子还是硬的；我不能让绝望的重量压住我的呼吸，不能让悲观的慢性病侵蚀我的精神，更不能让厌世的恶质染黑我的血液。厌世观与生命是不可并存的；我是一个生命的信徒，起初是的，今天还是的，将来我敢说也是的。我决不容忍性灵的颓唐，那是最不可救药的堕落，同时却继续躯壳的存在；在我，单这开口说话，提笔写字的事实，就表示后背有一个基本的信仰，完全的没破绽的信仰；否则我何必再做什么文章，办什么报刊？

但这并不是说我不感受人生遭遇的痛创；我决不是那童骇性的乐观主义者；我决不来指着黑影说这是阳光，指着云雾说这是青天，指着分明的恶说这是善；我并不否认黑影、云雾与恶，我只是不怀疑阳光与青天与善的实在；暂时的掩蔽与侵蚀不能使我们绝望，这正应得加倍的激动我们寻求光明的决心。前几天我觉着异常懊丧的时候无意中翻着尼采的一句话，极简单的几个字却涵有无穷的意义与强悍的力量，正如天上星斗的纵横与山川的经纬，在无声中暗示你人生的奥义，祛除你的迷惘，照亮你的思路。他说“受苦的人没有悲观的权利”（The sufferer has no right to pessimism），我那时感受一种异样的惊心，一种异样的彻悟：——

我不辞痛苦，因为我要认识你，上帝；

我甘心，甘心在火焰里存身，

到最后那时辰见我的真，

见我的真，我定了主意，上帝，再不迟疑！

所以我这次从南边回来，决意改变我对人生的态度，我写信给朋友说这来要来认真做一点“人的事业”了。——

我再不想成仙，蓬莱不是我的分；

我只要这地面，情愿安分的做人。

在我这“决心做人，决心做一点认真的事业”，是一个思想的大转变；因为先前我对这人生只是不调和不承认的态度，因此我与这现世界并没有什么相互的关系，我是我，它是它，它不能责备我，我也不来批评它。但这来我决心做人的宣言却就把我放进了一个有关系，负责任的地位，我再不能张着眼睛做梦，从今起得把现实当现实看：我要来察看，我要来检查，我要来清除，我要来颠扑，我要来挑战，我要来破坏。

人生到底是什么？我得先对我自己给一个相当的答案。人生究竟是什么？为什么这形形色色的，纷扰不清的现象——宗教、政治、社会、道德、艺术、男女、经济？我来是来了，可还是一肚子的不明白，我得慢慢的看古玩似的，一件件拿在手里看一个清切再来说话，我不敢保证我的话一定在行，我敢担保的只是我自己思想的忠实；我前面说过我的学识是极浅陋的，但我却并不因此自馁，有时学问是一种束缚，知识是一层障碍，我只要能信得过我能看的眼，能感受的心，我就有我的话说；至于我说的话有没有人听，有没有人懂，那是另外一件事我管不着了——“有的人身死了，才出世的”，谁知道一个人有没有真的出世那一天？

是的，我从今起要迎上前去！生命第一个消息是活动，第二个消息是搏斗，第三个消息是决定；思想也是的，活动的下文就是搏斗。搏斗就包含一个搏斗的对象，许是人，许是问题，许是现象，许是思想本体。一个武士最大的期望是寻着一个相当的敌手，思想家也是的，他也要一个可以较量他充分的力量的对象，“攻击是我的本性”，一个哲学家说，“要与你的对手相当——这是一个正直的决斗的第一个条件。你心存鄙夷的时候你不能搏斗。你占上风，你认定对手无能的时候你不应当搏斗。我的战略可以约成四个原则：——第一，我专打正占胜利的对象——在必要时我暂缓我的攻击，等他胜利了再开手；第二，我专打没有人打的对象，我这边不会有助手，我单独的站定一边——在这搏斗中我难为的只是我自己；第三，我永远不来对人的攻击——在必要时我只拿一个人格当显微镜用，借它来显出某种普遍的，但却隐遁不易踪迹的恶性；第四，我攻击某事物的动机，不包含私人嫌隙的关系，在我攻击是一个善意的，而且在某种情况下，感恩的凭证。”

这位哲学家的战略，我现在僭引做我自己的战略，我盼望我将来不至于在搏斗的沉酣中忽略了预定的规律，万一疏忽时我恳求你们随时提醒。我现在戴我的手套去！

（写于一九二五年十月，选自《自剖》）

自剖

我是个好动的人：每回我身体行动的时候，我的思想也仿佛就跟着跳荡。我做的诗，不论它们是怎样的“无聊”，有不少是在行旅期中想起的。我爱动，爱看动的事物，爱活泼的人，爱水，爱空中的飞鸟，爱车窗外掣过的田野山水。星光的闪动，草叶上露珠的颤动，花须在微风中的摇动，雷雨时云空的变动，大海中波涛的汹涌，都是在在触动我感兴的情景。是动，不论是什么性质，就是我的兴趣，我的灵感。是动就会催快我的呼吸，加添我的生命。

近来却大大的变样了。第一我自身的肢体，已不如原先灵活；我的心也同样的感受了不知是年岁还是什么的拘执。动的现象再不能给我欢喜，给我启示。先前我看着在阳光中闪烁的金波，就仿佛看见了神仙宫阙——什么荒诞美丽的幻觉，不在我的脑中一闪闪的掠过；现在不同了，阳光只是阳光，流波只是流波，任凭景色怎样的灿烂，再也照不化我的呆木的心灵。我的思想，如其偶尔有，也只似岩石上的藤萝，贴着枯干的粗糙的石面，极困难的蜒着；颜色是苍黑的，姿态是崛强的。

我自己也不懂得何以这变迁来得这样的兀突，这样的深彻。原先我在人前自觉竟是一注的流泉，在在有飞沫，在在有闪光；现在这泉眼，如其还在，仿佛是叫一块石板不留余隙的给镇住了。我再没有先前那样蓬勃的情趣，每回我想说话的时候，就觉着那石块的重压，怎么也掀不动，怎么也推不开，结果只能自安沉默！“你再不用想什么了，你再没有什么可想的了”，“你再不用开口了，你再没有什么话可说的了”，我常觉得我沉闷的心府里有这样半嘲讽半吊唁的谆嘱。

说来我思想上或经验上也并不曾经受什么过分剧烈的戟刺。我处境是向来顺的，现在，如其有不同，只是更顺了的。那么为什么这变迁？远的不说，就比如我年前到欧洲去时的心境：啊！我那时还不是一只初长毛角的野鹿？什么颜色不激动我的视觉，什么香味不奋兴我的嗅觉？我记得我在意大利写游记的时候，情绪是何等的活泼，兴趣何等的醇厚，一路来眼见耳听心感的种种，哪一样不活栩栩的丛集在我的笔端，争求充分的表现！如今呢？我这次到南方去，来回也有一个多月的光景，这期内眼见耳听心感的事物也该有不少。我未动身前，又何尝不自喜此去又可以有机会饱餐西湖的风色，邓尉的梅香——单提一两件最合我脾胃的事。有好多朋友也会期望我在这闲暇的假期中采集一点江南风趣，归来时，至少也该带回一两篇爽口的诗文，给在北京泥土的空气中活命的朋友们一些清醒的消遣。但在事实上不但在南中时我白瞪着大眼，看天亮换天昏，又闭上了眼，拚天昏换天亮，一枝秃笔跟着我涉海去，又跟着我涉海回来，正如岩洞里的一根石笋，压根儿就没一点摇动的消息；就在我回京后这十来天，任凭朋友们怎么的催促，自己良心怎样的责备，我的笔尖上还是滴不出一点墨汁来。我也曾勉强想想，勉强想写，但到底还是白费！可怕是这心灵骤然的呆顿。完全死了不成？我自己在疑惑。

说来是时局也许有关系。我到京几天就逢着空前的血案。五卅事件发生时我正在意大利山中，采茉莉花编花篮儿玩，翡冷翠山中只见明星与流萤的交换，花香与山色的温存，俗氛是吹不到的。直到七月间到了伦敦，我才理会国内风光的惨淡，等得我赶回来时，设想中的激昂，又早变成了昨日黄花，看得见的痕迹只是满城黄墙上墨彩斑斓的“泣告”！

这回却不同。屠杀的事实不仅是在我住的城子里发见，我有时竟觉得是我自己的灵府里的一个惨象。杀死的不仅是青年们的生命，我自己的思想也仿佛遭着了致命的打击，好比是国务院前的断头残肢，再也不能回复生动与连贯。但这深刻的难受在我是无名的，是不能完全解释的。这回事变的奇惨性引起愤慨与悲切是一件事，但同时我们也知道在这根本起变态

作用的社会里，什么怪诞的情形都是可能的。屠杀无辜，还不是年来最平常的现象。自从内战纠结以来，在受战祸的区域内，哪一处村落不曾分到过遭奸污的女性，屠残的骨肉，供牺牲的生命财产？这无非是给冤氛团结的地面上多添一团更集中鲜艳的怨毒。再说哪一个民族的解放史能不浓浓的染着 Martyrs 的腔血？俄国革命的开幕就是二十年前冬宫的血景。只要我们有识力认定，有胆量实行，我们理想中的革命，这回羔羊的血就不会是白涂的。所以我个人的沉闷决不完全是这回惨案引起的感情作用。

爱和平是我的生性。在怨毒，猜忌，残杀的空气中，我的神经每每感受一种不可名状的压迫。记得前年奉直战争时我过的那日子简直是一团黑漆，每晚更深时，独自抱着脑壳伏在书桌上受罪，仿佛整个时代的沉闷盖在我的头顶——直到写下了“毒药”那几首不成形的咒诅诗以后，我心头的紧张才渐渐的缓和下去。这回又有同样的情形；只觉着烦，只觉着闷，感想来时只是破碎，笔头只是笨滞。结果身体也不舒畅，像是蜡油涂抹住了全身毛窍似的难过，一天过去了又是一天，我这里又在重演更深独坐箍紧脑壳的姿势，窗外皎洁的月光，分明是在嘲讽我内心的枯窘！

不，我还得往更深处按。我不能叫这时局来替我思想骤然的呆顿负责，我得往我自己生活的底里找去。

平常有几种原因可以影响我们的心灵活动。实际生活的牵掣可以劫去我们心灵所需要的闲暇，积成一种压迫。在某种热烈的想望不曾得满足时，我们感觉精神上的烦闷与焦躁，失望更是颠覆内心平衡的一个大原因；较剧烈的种类可以麻痹我们的灵智，淹没我们的理性。但这些都合不上我的病源；因为我在实际生活里已经得到十分的幸运，我的潜在意识里，我敢说不该有什么压着的欲望在作怪。

但是在实际上反过来看，另有一种情形可以阻塞或减少你心灵的活动。我们知道舒服，健康，幸福，是人生的目标，我们因此推想我们痛苦的起点是在望见那些目标而得不到的时候。我们常听人说“假如我像某人那样生活无忧我一定可以好好的做事，不比现在整天的精神全化在琐碎的烦恼上”。我们又听说“我不能做事就为身体太坏，若是精神来得，那就……”

我们又常常设想幸福的境界，我们想"只要有一个意中人在跟前那我一定奋发，什么事做不到?"但是不，在事实上，舒服，健康，幸福，不但不一定是帮助或奖励心灵生活的条件，它们有时正得相反的效果。我们看不起有钱人，在社会上得意人，肌肉过分发展的运动家，也正在此；至于年少人幻想中的美满幸福，我敢说等得当真有了红袖添香，你的书也就读不出所以然来，且不说什么在学问上或艺术上更认真的工作。

那末生活的满足是我的病源吗?

"在先前的日子，"一个真知我的朋友，就说："正为是你生活不得平衡，正为你有欲望不得满足，你的压在内里的 Libido 就形成一种升华的现象，结果你就借文学来发泄你生理上的郁结；（你不常说你从事文学是一件不预期的事吗?）这情形又容易在你的意识里形成一种虚幻的希望，因为你的写作得到一部分赞许，你就自以为确有相当创作的天赋以及独立思想的能力。但你只是自冤自，实在你并没有什么超人一等的天赋，你的设想多半是虚荣，你的以前的成绩只是升华的结果。所以现在等得你生活换了样，感情上有了安顿，你就发见你向来写作的来源顿呈萎缩甚至枯竭的现象；而你又不愿意承认这情形的实在，妄想到你身子以外去找你思想枯窘的原因，所以你就不由的感到深刻的烦闷。你只是对你自己生气，不甘心承认你自己的本相。不，你原来并没有三头六臂的!"

"你对文艺并没有真兴趣，对学问并没有真热心。你本来没有什么更高的志愿，除了相当合理的生活，你只配安分做一个平常人，享你命里铸定的'幸福'；在事业界，在文艺创作界，在学问界内，全没有你的位置。你真的没有那能耐。不信你只要自问在你心里的心里有没有那无形的'推力'，整天整夜的恼着你，逼着你，督着你，放开实际生活的全部，单望着不可捉摸的创作境界里去冒险？是的，顶明显的关键就是那无形的推力或是冲动（The Impulse），没有它人类就没有科学，没有文学，没有艺术，没有一切超越功利实用性质的创作。你知道在国外（国内当然也有，许没那样多）有多少人被这无形的推力驱使着，在实际生活上变成一种离魂病性质的变态动物，不但人间所有的虚荣永远沾不上他们的思想，就连维持生

命的睡眠饮食，在他们都失了重要，他们全部的心力只是在他们那无形的推力所指示的特殊方向上集中应用。怪不得有人说天才是疯癫；我们在巴黎伦敦不就到处碰得着这类怪人？如其他是一个美术家，恼着他的就只怎样可以完全表现他那理想中的形体，一个线条的准确，某种色彩的调谐，在他会得比他生身父母的生死与国家的存亡更重要，更迫切，更要求注意。我们知道专门学者有终身掘坟墓的，研究蚊虫生理的，观察亿万万里外一个星的动定的。并且他们决不问社会对于他们的劳力有否任何的认识，那就是虚荣的进路；他们是被一点无形的推力的魔鬼蛊定了的。”

“这是关于文艺创作的话。你自问有没有这种情形。你也许经验过什么‘灵感’，那也许有，但你却不要把刹那误认作永久的，虚幻认作真实。至于说思想与真实学问的话，那也得背后有一种推力，方向许不同，性质还是不变。做学问你得有原动的好奇心，得有天然热情的态度去做求知识的工夫。真思想家的准备，除了特强的理智，还得有一种原动的信仰；信仰或寻求信仰，是一切思想的出发点：极端的怀疑派思想也只是期望重新位置信仰的一种努力。从古来没有一个思想家不是宗教性的。在他们，各按各的倾向，一切人生的和理智的问题是实在有的；神的有无，善与恶，本体问题，认识问题，意志自由问题，在他们看来都是含逼迫性的现象，要求合理的解答——比山岭的崇高，水的流动，爱的甜蜜更真，更实在，更耸动。他们的一点心灵，就永远在他们设想的一种或多种问题的周围飞舞，旋绕，正如灯蛾之于火焰：牺牲自身贯彻火焰中心的秘密，是他们共有的决心。”

“这种惨烈的情形，你怕也没有吧？我不说你的心幕上就没有思想的影子；但它们怕只是虚影，像水面上的云影，云过影子就跟着消散，不是石上的雷痕越日久越深刻。”

“这样说下来，你倒可以安心了！因为个人最大的悲剧是设想一个虚无的境界来谎骗你自己，骗不到底的时候你就得忍受‘幻灭’的莫大的苦痛。与其那样，还不如及早认清自己的深浅，不要把不必要的负担，放上支撑不住的肩背，压坏你自己，还难免旁人的笑话！朋友，不要迷了，定下心来享你现成的福分吧；思想不是你的分，文艺创作不是你的分，独立的事业更不是你的分！天生扛了重担来的那也没法想！（那一个天才不是活受罪!）你是原来轻松的，这是多可羡慕，多可贺喜的一个发见！算了吧，朋友!”

（写于一九二六年三月二十五日，选自《自剖》）

再剖

你们知道喝醉了想吐吐不出或是吐不爽快的难受不是？这就是我现在的苦恼；肠胃里一阵阵的作恶，腥腻从食道里往上泛，但这喉关偏跟你别扭，它捏住你，逼住你，逗着你——不，它且不给你痛快哪！前天那篇《自剖》，就比是哇出来的几口苦水，过后只是更难受，更觉着往上冒。我告你我想要怎么样。我要孤寂：要一个静极了的地方——森林的中心，山洞里，牢狱的暗室里——再没有外界的影响来逼迫或引诱你的分心，再不须计较旁人的意见，喝彩或是嘲笑；当前唯一的对象是你自己：你的思想，你的感情，你的本性。那时它们再不会躲避，不会隐遁，不会装作；赤裸裸的听凭你察看，检验审问。你可以放胆解去你最后的一缕遮盖，袒露你最自怜的创伤，最掩讳的私亵。那才是你痛快一吐的机会。

但我现在的生活情形不容我有那样一个时机。白天太忙（在人前一个人的灵性永远是蜷缩在壳内的蜗牛），到夜间，比如此刻。静是静了，人可又倦了，惦着明天的事情又不得不早些休息。啊，我真羡慕我台上放着那块唐砖上的佛像，他在他的莲台上瞑目坐着，什么都摇不动他那入定的圆澄。我们只是在烦恼网里过日子的众生，怎敢企望那光明无碍的境界！有鞭子下来，我们躲；见好吃的我们垂涎；听声响，我们着忙；逢着痛痒，我们着恼。我们是鼠，是狗，是刺猬，是天上星星与地上泥土间爬着的虫。哪里有工夫，即使你有心想亲近你自己？哪里有机会，即使你想痛快的一吐？

前几天也不知无形中经过几度挣扎，才呕出那几口苦水，这在我虽则难受还是照旧，但多少总算是发泄。事后我私下觉着愧悔，因为我不该拿我一己苦闷的骨鲠，强读者们陪着我吞咽。是苦水就不免熏蒸的恶味。我承认这完全是我自私的行为，不敢望恕的。我唯一的解嘲是这几口苦水的确是从我自己的肠胃里呕出——不是去脏水桶里舀来的。我不曾期望同情，我只要朋友们认识我的深浅——（我的浅?）我最怕朋友们的容宠容易形成一种虚拟的期望；我这操刀自剖的一个目的，就在及早解卸我本不该扛上的担负。

是的，我还得往底里按，往更深处剖。

最初我来编辑副刊，我有一个愿心。我想把我自己整个儿交给能容纳我的读者们，我心目中的读者们，说实话，就只这时代的青年。我觉着只有青年们的心窝里有容我的空隙，我要偎着他们的热血，听他们的脉搏。我要在我自己的情感里发见他们的情感，在我自己的思想里反映他们的思想。假如编辑的意义只是选稿，配版，付印，拉稿，那还不如去做银行的伙计——有出息得多。我接受编辑晨副的机会，就为这不单是机械性的一种任务。（感谢晨报主人的信任与容忍，）晨报变了我的喇叭，从这管口里我有自己吹弄我古怪的不调谐的音调。它是我的镜子，在这平面上描画出我古怪的不调谐的形状。我也决不掩讳我的原形：我就是我。我记得我第一次与读者们相见，就是一篇供状。我的经过，我的深浅，我的偏见，我的希望，我都曾经再三的声明，怕是你们早听厌了。但起初我有一种期望是真的——期望我自己。也不知那时间为什么原因，我竟有那活棱棱的一副勇气。我宣言我自己跳进了这现实的世界，存心想来对准人生的面目认他一个仔细。我信我自己的热心（不是知识）多少可以给我一些对敌力量的。我想拚这一天，把我的血肉与灵魂，放进这现实世界的磨盘里去捱，锯齿下去拉，——我就要尝那味儿！只有这样，我想，才可以期望我主办的刊物多少是一个有生命气息的东西；才可以期望在作者与读者间发生一种活的关系；才可以期望读者们觉着这一长条报纸与黑的字印的背后，的确至少有一个活着的人与一个动着的心，他的把握是在你的腕上，他的呼吸吹在你的脸上，他的欢喜，他的惆怅，他的迷惑，他的伤悲，就比是你

自己的，的确是从一个可认识的主体上发出来的变化——是站在台上人的姿态——不是投射在白幕上的虚影。

并且我当初也并不是没有我的信念与理想。有我崇拜的德性，有我信仰的原则。有我爱护的事物，也有我痛疾的事物。往理性的方向走，往爱心与同情的方向走，往光明的方向走，往真的方向走，往健康快乐的方向走，往生命，更多更大更高的生命方向走——这是我那时的一点“赤子之心”。我恨的是这时代的病象，什么都是病象：猜忌，诡诈，小巧，倾轧，挑拨，残杀，互杀，自杀，忧愁，作伪，肮脏。我不是医生，不会治病，我就有一双手，趁它们活灵的时候，我想，或许可以替这时代打开几扇窗，多少让空气流通些，浊的毒性的出去，清醒的洁净的进来。

但紧接着我的狂妄的招摇，我最敬畏的一个前辈（看了我的吊刘叔和文）就给我当头一棒：——

> ……既立意来办报而且郑重宣言“决意改变我对人的态度”，那么自己的思想就得先磨冶一番，不能单凭主觉，随便说了就算完事。迎上前去，不要又退了回来！一时的兴奋，是无用的，说话越觉得响亮起劲，跳踯有力，其实即是内心的虚弱，何况说出衰颓懊丧的语气，教一般青年看了，更给他们以可怕的影响，似乎不是志摩这番挺身出马的本意！……

迎上前去，不要又退了回来！这一喝这几个月来就没有一天不在我“虚弱的内心”里回响。实际上自从我喊出“迎上前去”以后，即使不曾撑开了往后退，至少我自己不觉得我的脚步曾经向前挪动。今天我再不能容我自己这梦梦的下去。算清亏欠，在还算得清的时候，总比窝着浑着强。我不能不自剖。冒着“说出衰颓懊丧的语气”的危险，我不能不利用这反省的锋刃，劈去纠着我心身的累赘，淤积，或许这来倒有自我真得解放的希望！

想来这做人真是奥妙。我信我们的生活至少是复性的。看得见，觉得着的生活是我们的显明的生活，但同时另有一种生活，跟着知识的开豁逐渐胚胎，成形，活动，最后支配前一种的生活，比是我们投在地上的身影，跟着光亮的增加渐渐由模糊化成清晰，形体是不可捉的，但它自有它的奥妙的存在，你动它跟着动，你不动它跟着不动。在实际生活的匆遽中，我们不易辨认另一种无形的生活的并存，正如我们在阴地里不见我们的影子；但到了某时候某境地忽的发见了它，不容否认的踵接着你的脚跟，比如你晚间步月时发见你自己的身影。它是你的性灵的或精神的生活。你觉到你有超实际生活的性灵生活的俄顷，是你一生的一个大关键！你许到极迟才觉悟（有人一辈子不得机会），但你实际生活中的经历，动作，思想，没有一丝一屑不同时在你那跟着长成的性灵生活中留着“对号的存根”，正如你的影子不放过你的一举一动，虽则你不注意到或看不见。

我这时候就比是一个人初次发见他有影子的情形。惊骇，讶异，迷惑，耸悚，猜疑，恍惚同时并起，在这辨认我自身另有一个存在的时候。我这辈子只是在生活的道上盲目的前冲，一时踹入一个泥潭，一时踏折一支草花，只是这无目的的奔驰；从哪里来，向哪里去，现在在哪里，该怎么走，这些根本的问题却从不曾到我的心上。但这时候突然的，恍然的我惊觉了。仿佛是一向跟着我形体奔波的影子忽然阻住了我的前路，责问我这匆匆的究竟是为什么！

一种新意识的诞生。这来我再不能盲冲，我至少得认明来踪与去迹，该怎样走法如其有目的地，该怎样准备，如其前程还在遥远？

啊，我何尝愿意吞这果子，早知有这多的麻烦，现在我第一要考查明白的是这“我”究竟是怎么一回事；然后再决定掉落在这生活道上的“我”的赶路方法。以前种种动作是没有这新意识做主宰的；此后，什么都得由它。

四月五日

（写于一九二六年四月五日，选自《自剖》）

想飞

假如这时候窗子外有雪——街上，城墙上，屋脊上，都是雪，胡同口一家屋檐下偎着一个戴黑兜帽的巡警，半拢着睡眼，看棉团似的雪花在半空中跳着玩……假如这夜是一个深极了的啊，不是壁上挂钟的时针指示给我们看的深夜，这深就比是一个山洞的深，一个往下钻螺旋形的山洞的深……

假如我能有这样一个深夜，它那无底的阴森捻起我遍体的毫管；再能有窗子外不住往下筛的雪，筛淡了远近间扬动的市谣，筛泯了在泥道上挣扎的车轮，筛灭了脑壳中不妥协的潜流……

我要那深，我要那静。那在树荫浓密处躲着的夜鹰轻易不敢在天光还在照亮时出来睁眼。思想：它也得等。

青天里有一点子黑的。正冲着太阳耀眼，望不真，你把手遮着眼，对着那两株树缝里瞧，黑的，有榧子来大，不，有桃子来大——嘿，又移着往西了！

我们吃了中饭出来到海边去（这是英国康槐尔极南的一角，三面是大西洋）。勖丽丽的叫响从我们的脚底下匀匀的往上颤，齐着腰，到了肩高，过了头顶，高入了云，高出了云。啊，你能不能把一种急震的乐音想象成一阵光明的细雨，从蓝天里冲着这平铺着青绿的地面不住的下？不，那雨点都是跳舞的小脚，安琪儿的。云雀们也吃过了饭，离开了它们卑微的地巢飞往高处做工去。上帝给它们的工作，替上帝做的工作。瞧着，这儿一只，那边又起了两！一起就冲着天顶飞，小翅膀活动的多快活，圆圆的，不踌躇的飞，——它们就认识青天。一起就开口唱，小嗓子活动的多快活，一颗颗小精圆珠子直往外唾，亮亮的唾，脆脆的唾，——它们赞美的是青天。瞧着，这飞得多高，有豆子大，有芝麻大，黑剌剌的一屑，直顶着无底的天顶细细的摇，——这全看不见了，影子都没了！但这光明的细雨还是不住的下着……

飞。“其翼若垂天之云……背负苍天，而莫之夭阏者”；那不容易见着。我们镇上东关厢外有一座黄坭山，山顶上有一座七层的塔，塔尖顶着天。塔院里常常打钟，钟声响动时，那在太阳西晒的时候多，一枝艳艳的大红花贴在西山的鬓边回照着塔山上的云彩，——钟声响动时，绕着塔顶尖，摩着塔顶天，穿着塔顶云，有一只两只有时三只四只有时五只六只蜷着爪往地面瞧的“饿老鹰”，撑开了它们灰苍苍的大翅膀没挂恋似的在盘旋，在半空中浮着，在晚风中泅着，仿佛是按着塔院钟的波荡来练习圆舞似的。那是我做孩子时的“大鹏”。有时好天抬头不见一瓣云的时候听着貌忧忧的叫响，我们就知道那是宝塔上的饿老鹰寻食吃来了，这一想象半天里秃顶圆睛的英雄，我们背上的小翅膀骨上就仿佛豁出了一锉锉铁刷似的羽毛，摇起来呼呼响的，只一摆就冲出了书房门，钻入了玳瑁镶边的白云里玩儿去，谁耐烦站在先生书桌前晃着身子背早上的多难背的书！啊飞！不是那在树枝上矮矮的跳着的麻雀儿的飞；不是那奏天黑从堂扁后背冲出来赶蚊子吃的蝙蝠的飞；也不是那软尾巴软嗓子做窠在堂檐上的燕子的飞。要飞就得满天飞，风拦不住云挡不住的飞，一翅膀就跳过一座山头，影子下来遮得阴二十亩稻田的飞，到天晚飞倦了就来绕着那塔顶尖顺着风像打圆圈做梦……听说饿老鹰会抓小鸡！

飞。人们原来都是会飞的。天使们有翅膀，会飞，我们初来时也有翅膀，会飞。我们最初来就是飞了来的，有的做完了事还是飞了去，他们是可羡慕的。但大多数人是忘了飞的，有的翅膀上掉了毛不长再也飞不起来，

有的翅膀叫胶水给胶住了再也拉不开，有的羽毛叫人给修短了像鸽子似的只会在地上跳，有的拿背上一对翅膀上当铺去典钱使过了期再也赎不回……真的，我们一过了做孩子的日子就掉了飞的本领。但没了翅膀或是翅膀坏了不能用是一件可怕的事。因为你再也飞不回去，你蹲在地上呆望着飞不上去的天，看旁人有福气的一程一程的在青云里逍遥，那多可怜。而且翅膀又不比是你脚上的鞋，穿烂了可以再问妈要一双去，翅膀可不成，折了一根毛就是一根，没法给补的。还有，单顾着你翅膀也还不定规到时候能飞，你这身子要是不谨慎养太肥了，翅膀力量小再也拖不起，也是一样难不是？一对小翅膀驮不起一个胖肚子，那情形多可笑！到时候你听人家高声的招呼说，朋友，回去罢，趁这天还有紫色的光，你听他们的翅膀在半空中沙沙的摇响，朵朵的春云跳过来拥着他们的肩背，望着最光明的来处翩翩的，冉冉的，轻烟似的化出了你的视域，像云雀似的只留下一泻光明的骤雨——“Thou art unseen, but yet I hear the shrill delight”——那你，独自在泥涂里淹着，够多难受，够多懊恼，够多寒伧！趁早留神你的翅膀，朋友。

是人没有不想飞的。老是在这地面上爬着够多厌烦，不说别的。飞出这圈子，飞出这圈子！到云端里去，到云端里去！哪个心里不成天千百遍的这么想？飞上天空去浮着，看地球这弹丸在太空里滚着，从陆地看到海，从海再看回陆地。凌空去看一个明白——这才是做人的趣味，做人的权威，做人的交代。这皮囊要是太重挪不动，就掷了它，可能的话，飞出这圈子，飞出这圈子！

人类初发明用石器的时候，已经想长翅膀，想飞。原人洞壁上画的四不像，它的背上掮着翅膀；拿着弓箭赶野兽的，他那肩背上也给安了翅膀。小爱神是有一对粉嫩的肉翅的。挨开拉斯（Icarus）是人类飞行史里第一个英雄，第一次牺牲。安琪儿（那是理想化的人）第一个标记是帮助他们飞行的翅膀。那也有沿革——你看西洋画上的表现，最初像是一对小精致的令旗，蝴蝶似的粘在安琪儿们的背上，像真的，不灵动的。渐渐的翅膀长大了，地位安准了，毛羽丰满了。画图上的天使们长上了真的可能的翅膀。人类初次实现了翅膀的观念，彻悟了飞行的意义。挨开拉斯闪不死的灵魂，回来投生又投生。人类最大的使命，是制造翅膀；最大的成功是飞！理想的极度，想象的止境，从人到神！诗是翅膀上出世的；哲理是在空中盘旋的。飞：超脱一切，笼盖一切，扫荡一切，吞吐一切。

你上那边山峰顶上试去，要是度不到这边山峰上，你就得到这万丈的深渊里去找你的葬身地！"这人形的鸟会有一天试他第一次的飞行，给这世界惊骇，使所有的著作赞美，给他所从来的栖息处永久的光荣。"啊达文謇。

但是飞？自从挨开拉斯以来，人类的工作是制造翅膀，还是束缚翅膀？这翅膀，承上了文明的重量。还能飞吗？都是飞了来的，还都能飞了回去吗？钳住了，烙住了，压住了，——这人形的鸟会有试他第一次飞行的一天吗？……

同时天上那一点子黑的已经迫近在我的头顶，形成了一架鸟形的机器，忽的机沿一侧，一球光直往下注，嘣的一声炸响，——炸碎了我在飞行中的幻想，青天里平添了几堆破碎的浮云。

十四—十六日

（写于一九二六年四月十四～十六日，选自《自剖》）

北戴河海滨的幻想

他们都到海边去了，我为左眼发炎不曾去。我独坐在前廊，偎坐在一张安适的大椅内，袒着胸怀，赤着脚，一头的散发，不时有风来撩拂。清晨的晴爽，不曾消醒我初起时睡态；但梦思却半被晓风吹断。我阖紧眼帘内视，只见一斑斑消残的颜色，一似晚霞的余赭，留恋地胶附在天边。廊前的马樱，紫荆，藤萝，青翠的叶与鲜红的花，都将他们的妙影映印在水汀上，幻出幽媚的情态无数；我的臂上与胸前，亦满缀了绿荫的斜纹。从树荫的间隙平望，正见海湾：海波亦似被晨曦唤醒，黄蓝相间的波光，在欣然的舞蹈。滩边不时见白涛涌起，迸射着雪样的水花。浴线内点点的小舟与浴客，水禽似的浮着；幼童的欢叫，与水波拍岸声，与潜涛呜咽声，相间的起伏，竞报一滩的生趣与乐意。但我独坐的廊前，却只是静静的，静静的无甚声响。妩媚的马樱，只是幽幽的微展着，蝇虫也敛翅不飞。只有远近树里的秋蝉在纺纱似的缍引他们不尽的长吟。

在这不尽的长吟中，我独坐在冥想。难得是寂寞的环境，难得是静定的意境：寂寞中有不可言传的和谐，静默中有无限的创造。我的心灵，比如海滨，生平初度的怒潮，已经渐次的消翳，只剩有疏松的海砂中偶尔的回响，更有残缺的贝壳，反映星月的辉芒。此时摸索潮余的斑痕，追想当时汹涌的情景，是梦或是真，再亦不须辨问，只此眉梢的轻皱，唇边的微哂，已足解释无穷奥绪，深深的蕴伏在灵魂的微纤之中。

青年永远趋向反叛，爱好冒险；永远如初度航海者，幻想黄金机缘于浩淼的烟波之外：想割断系岸的缆绳，扯起风帆，欣欣的投入无垠的怀抱。

他厌恶的是平安，自喜的是放纵与豪迈。无颜色的生涯，是他目中的荆棘；绝海与凶巇，是他爱取由的途径。他爱折玫瑰：为她的色香，亦为她冷酷的刺毒。他爱搏狂澜：为他的庄严与伟大，亦为他吞噬一切的天才，最是激发他探险与好奇的动机。他崇拜冲动：不可测，不可节，不可预逆，起，动，消歇皆在无形中，狂飙似的倏忽与猛烈与神秘。他崇拜斗争：从斗争中求剧烈的生命之意义，从斗争中求绝对的实在，在血染的战阵中，呼啸胜利之狂欢或歌败丧的哀曲。

幻象消灭是人生里命定的悲剧；青年的幻灭，更是悲剧中的悲剧，夜一般的沉黑，死一般的凶恶。纯粹的，猖狂的热情之火，不同阿拉亭的神灯，只能放射一时的异彩，不能永久的朗照；转瞬间，或许，便已敛熄了最后的焰舌，只留存有限的余烬与残灰，在未灭的余温里自伤与自慰。

流水之光，星之光，露珠之光，电之光，在青年的妙目中闪耀，我们不能不惊讶造化者艺术之神奇；然可怖的黑影，倦与衰与饱餍的黑影，同时亦紧紧的跟着时日进行，仿佛是烦恼，痛苦，失败，或庸俗的尾曳。亦在转瞬间，彗星似的扫灭了我们最自傲的神辉——流水涸，明星没，露珠散灭，电闪不再！

在这艳丽的日辉中，只见愉悦与欢舞与生趣，希望，闪烁的希望，在荡漾，在无穷的碧空中，在绿叶的光泽里，在虫鸟的歌吟中，在青草的摇曳中——夏之荣华，春之成功。春光与希望，是长驻的；自然与人生，是调谐的。

在远处有福的山谷内，莲馨花在坡前微笑，稚羊在乱石间跳跃，牧童们，有的吹着芦笛，有的平卧在草地上，仰看变幻的浮游的白云，放射下的青影在初黄的稻田中缥缈地移过。在远处安乐的村中，有妙龄的村姑，在流涧边照映她自制的春裙；口衔烟斗的农夫三四，在预度秋收的丰盈，老妇人们坐在家门外阳光中取暖，她们的周围有不少的儿童，手擎着黄白的钱花在环舞与欢呼。

在远——远处的人间，有无限的平安与快乐，无限的春光……

在此暂时可以忘却无数的落蕊与残红，亦可以忘却花荫中掉下的枯叶，私语地预告三秋的情意；亦可以忘却苦恼的僵瘪的人间，阳光与雨露的殷勤，不能再恢复他们腮颊上生命的微笑，亦可以忘却纷争的互杀的人间，阳光与雨露的仁慈，不能感化他们凶恶的兽性；亦可以忘却庸俗的卑琐的人间，行云与朝露的丰姿，不能引逗他们刹那间的凝视；亦可以忘却自觉的失望的人间，绚烂的春时与媚草，只能反激他们悲伤的意绪。

我亦可以暂时忘却我自身的种种；忘却我童年期清风白水似的天真；忘却我少年期种种虚荣的希冀；忘却我渐次的生命的觉悟；忘却我热烈的理想的寻求；忘却我心灵中乐观与悲观的斗争；忘却我攀登文艺高峰的艰辛；忘却刹那的启示与澈悟之神奇；忘却我生命潮流之骤转；忘却我陷落在危险的漩涡中之幸与不幸；忘却我追忆不完全的梦境；忘却我大海底里埋着的秘密；忘却曾经刳割我灵魂的利刃，炮烙我灵魂的烈焰，摧毁我灵魂的狂飙与暴雨；忘却我的深刻的怨与艾；忘却我的冀与愿；忘却我的恩泽与惠感；忘却我的过去与现在……

过去的实在，渐渐的膨胀，渐渐的模糊，渐渐的不可辨认；现在的实在，渐渐的收缩，逼成了意识的一线，细极狭极的一线，又裂成了无数不相联续的黑点……黑点亦渐次的隐翳？幻术似的灭了，来了，一个可怕的黑暗的空虚……

（载于一九二六年六月二十一日《晨报文学旬刊》，选自《自剖》）

青年运动

我这几天是一个活现的 Don Quixote，虽则前胸不曾装起护心镜，头顶不曾插上雉鸡毛，我的一顶阔边的“面盆帽”，与一根漆黑铄亮的手棍，乡下人看了已经觉得新奇可笑；我也有我的 Sancho Panza，他是一个角色，会憨笑，会说疯话，会赌咒，会爬树，会爬绝壁，会背《大学》，会骑牛，每回一到了乡下或山上，他就卖弄他的可惊的学问，他什么树都认识，什么草都有名儿，种稻种豆，养蚕栽桑，更不用说，他全知道，一讲着就乐，一乐就开讲，一开讲就像他们田里的瓜蔓，又细又长又曲折又绵延（他姓陆名字叫炳生或是丙申，但是人家都叫他鲁滨孙）；这几天我到四乡去冒险，前面是我，后面就是他，我折了花枝，采了红叶，或是捡了石块（我们山上有浮石，掷在水里会浮的石块，你说奇不奇！）就让他抗着，问路是他的份儿，他叫一声大叔，乡下人谁都愿意与他答话；轰狗也是他的份儿，到乡下去最怕是狗，他们全是不躲懒的保卫团，一见穿大褂子的他们就起疑心，迎着你嗥还算是文明的盘问，顶英雄的满不开口望着你的身上直攻，那才麻烦，但是他有办法，他会念降狗咒，据他说一念狗子就丧胆，事实上并不见得灵验，或许狗子有秘密的破法也说不定，所以每回见了劲敌，他也免不了慌忙，他的长处就在与狗子对嗥，或是对骂，居然有的是王郎种，有时他骂上了劲，狗子倒软化了。但是我终不成，望见了狗影子就心虚，我是淝水战后的苻坚，稻草塍儿、竹篱笆，就够我的恐慌，有时我也学 Don Quixote 那劲儿，舞起我手里的梨花棒，喝一声孽畜好大胆，看棒！果然有几处大难让我顶潇洒的蒙过了。

我相信我们平常的脸子都是太像骡子——拉得太长；忧愁，想望，计算，猜忌，怨恨，懊怅，怕惧，都象魇魔似的压在我们原来活泼自然的心灵上，我们在人丛中的笑脸大半是装的，笑响大半是空的，这真是何苦来。所以每回我们脱离了烦恼打底的生活，接近了自然，对着那宽阔的天空，活动的流水，我们就觉得轻松得多，舒服得多。每回我见路旁的息凉亭中，挑重担的乡下人，放下他的担子，坐在石凳上，从腰包里掏出火刀、火石来，打出几簇火星，点旺一杆老烟，绿田里豆苗香的风一阵阵的吹过来，吹散他的烟氛，也吹燥了他眉额间汗渍；我就感想到大自然调剂人生的影响：我自己就不知道曾经有多少自杀类的思想，消灭在青天里，白云间，或是像挑担人热汗，都让凉风吹散了。这是大家都承认的，但实际没有这样容易。即使你有机会在息凉亭子里抽一杆潮烟，你抽完了烟，重担子还是要挑的，前面谁也不知道还有多少路，谁也不知道还有没有现成的息凉亭子，也许走不到第二个凉亭，你的精力已经到了止境，同时担子的重量是刻刻加增的，你那时再懊悔你当初不应该尝试这样压得死人的一个负担，也就太迟了！

我这一时在乡下，时常揣摩农民的生活，他们表面看来虽则是继续的劳瘁，但内里却有一种涵蓄的乐趣，生活是原始的，朴素的，但这原始性就是他们的健康，朴素是他们幸福的保障，现代所谓文明人的文明与他们隔着一个不相传达的气圈，我们的争竞、烦恼、问题、消耗，等等，他们梦里也不曾做着过，我们的堕落、隐疾、罪恶、危险，等等，他们听了也是不了解的，像是听一个外国人的谈话。上帝保佑世上再没有懵懂的呆子想去改良，救渡，教育他们，那是间接的摧残他们的平安，扰乱他们的平衡，抑塞他们的生机！

需要改良与教育与救渡的是我们过分文明的文明人，不是他们。需要急救，也需要根本调理的是我们的文明，二十世纪的文明，不是洪荒太古的风俗，人生从没有受过现代这样普遍的咒诅，从不曾经历过现代这样荒凉的恐怖，从不曾尝味过现代这样恶毒的痛苦，从不曾发现过现代这样的厌世与怀疑。这是一个重候，医生说的。

人生真是变了一个压得死人的负担，习惯与良心冲突，责任与个性冲突，教育与本能冲突，肉体与灵魂冲突，现实与理想冲突，此外社会、政治、宗教、道德、买卖、外交，都只是混沌，更不必说。这分明不是一块青天，一阵凉风，一流清水，或是几片白云的影响所能治疗与调剂的；更不是宗教式的训道，教育式的讲演，政治式的宣传所能补救与济渡的。我们在这促狭的芜秽的狴犴中，也许有时望得见一两丝的阳光，或是像拜伦在 Chilion 那首诗里描写的，听着清新的鸟歌；但这是嘲讽，不是慰安，是丹得拉士（Tantalus）的苦痛，不是上帝的恩宠；人生不一定是苦恼的地狱。我们的是例外的例外。在葡萄丛中高歌欢舞的一种提昂尼辛的癫狂（Dionysian madness），已经在时间的灰烬里埋着，真生命活泼的血液的循环，已经被文明的毒质瘀住，我们仿佛是孤儿在黑夜的森林里呼号生身的爹娘，光明与安慰都没有丝毫的踪迹。所以我们要求的——如其我们还有胆气来要求——决不是部分的，片面的补苴。决不是消极的慰藉，决不是恇夫的改革，决不是傀儡的把戏……我们要求的是，“彻底的来过”；我们要为我们新的洁净的灵魂造一个新的洁净的躯体，要为我们新的洁净的躯体造一个新的洁净的灵魂；我们也要为这新的洁净的灵魂与肉体造一个新的洁净的生活——我们要求一个“完全的再生”。

我们不承认已成的一切，不承认一切的现实；不承认现有的社会，政治、法律、家庭、宗教、娱乐、教育；不承认一切的主权与势力。我们要一切都重新来过：不是在书桌上整理国故，或是在空枵的理论上重估价值，我们是要在生活上实行重新来过，我们是要回到自然的胎宫里去重新吸收一番滋养。但我们说不承认已成的一切是不受一切的束缚的意思，并不是与现实宣战，那是最不经济也太琐碎的办法；我们相信无限的青天与广大的山林尽有我们青年男女翱翔自在的地域；我们不是要求篡取已成的世界，那是我们认为不可医治的。我们也不是想来试验新村或新社会，预备感化或是替旧社会做改良标本，那是十九世纪的迂儒的梦想，我们也不打算进去空费时间的；并且那是训练童子军的性质，牺牲了多数人供一个人的幻想的试验的。我们的如其是一个运动，这决不是为青年的运动，而是青年

自动的运动，青年自己的运动，只是一个自寻救渡的运动。

你说什么，朋友，这就是怪诞的幻想，荒谬的梦不是？不错，这也许是现代青年反抗物质文明的理想，而且我说多数的青年在理论上多表同情的；但是不忙，朋友，现有一个实例，我要顺便说给你听听，——如其你有耐心。

十一年前一个冬天在德国汉奴佛（Hanover）相近一个地方，叫做Cassel，有二千多人开了一个大会，讨论他们运动的宗旨与对社会、政治、宗教问题的态度，自从那次大会以后这运动的势力逐渐张大，现在已经有一百多万的青年男女加入——这就叫做Jegendbewegung“青年运动”，虽则德国以外很少人明白他们的性质。我想这不仅是德国人，也许是全欧洲的一个新生机。我们应得特别的注意。“西方文明的堕落只有一法可以挽救，就在继起的时代产生新的精神的与生命的势力。”这是福士德博士说的话，他是这青年运动里的一个领袖，他著一本书叫做《Jugendseele》，专论这运动的。

现在德国乡间常有一大群的少年男子与女子，排着队伍，弹着六弦琵琶唱歌，他们从这一镇游行到那一镇，晚上就唱歌跳舞来交换他们的住宿，他们就是青年运动的游行队，外国人见了只当是童子军性质的组织，或是一种新式的吉婆西（Gipsy），但这是仅见外表的话。

德国的青年运动是健康的年轻男女反抗现代的堕落与物质主义的革命运动，初起只是反抗家庭与学校的专权，但以后取得更哲理的涵义，更扩大反叛的范围，简直决破了一切人为的限制，要赤裸裸的造成一种新生活。最初发起的是加尔菲暄（Karl Fischer of Steglitz），但不久便野火似的烧了开去，现在单是杂志已有十多种，最初出的叫做《Wandervogel》。

这运动最主要的意义，是要青年人在生命里寻得一个精神的中心（the spiritual center of life），一九一三年大会的铭语是“救渡在于自己教育”（Salvation lies in Self-Education）“让我们重新做人，让我们脱离狭窄的腐败的政治组织，让我们抛弃近代科学专门的物质主义的小径，让我们抛弃无灵魂的知识钻研。让我们重新做活着的男子与女子。”他们并没有改良什么的方案，他们禁止一切有具体目的的运动；他们代表一种新发现的思路，他们旨意在于规复人生原有的精神的价值。“我们的大指是在离却堕落的文明，回向自然的单纯，离却一切的外骛，回向内心的自由，离却空虚的娱乐，回向真纯的欢欣，离却自私主义，回向友爱的精神，离却一切懈弛的行为，回向郑重的自我的实现。我们寻求我们灵魂的安顿，要不愧于上帝，不愧于己，不愧于人，不愧于自然。”“我们即使存心救世，我们也得自己重新做人。”

这运动最显著亦最可惊的结果是确实的产生了真的新青年，在人群中很容易指出，他们显示一种生存的欢欣，自然的热心，爱自然与朴素，爱田野生活。他们不饮酒（德国人原来差不多没有不饮酒的），不吸烟，不沾城市的恶习。他们的娱乐是弹着琵琶或是拉着梵和玲唱歌，踏步游行跳舞或集会讨论宗教与哲理问题。跳舞最是他们的特色。往往有大群的游行队，徒步游历全省，到处歌舞，有时也邀本地人参加同乐——他们复活了可赞美的提昂尼辛的精神！

这样伟大的运动不能不说是这黑魆魆的世界里的一泻清辉，不能不说是现代苟且的厌世的生活（你们不曾到过柏林与维也纳的不易想象）一个庄严的警告，不能不说是旧式社会已经蛀烂的根上重新爆出来的新生机，新萌芽；不能不说是全人类理想的青年的一个安慰，一个兴奋，为他们开辟了一条新鲜的愉快的路径；不能不说是一个新的洁净的人生观的产生。我们要知道在德国有几十万的青年男女，原来似乎命定做机械性的社会的终身奴隶，现在却做了大自然的宠儿，在宽广的天地间感觉新鲜的生命的跳动，原来只是屈伏在蠢拙的家庭与教育的桎梏下，现在却从自然与生活本体接受直接的灵感，像小鹿似的活泼，野鸟似的欢欣，自然的教训是洁净与朴素与率真，这真是近代文明最缺乏的原素。他们不仅开发了各个人的个性，他们也恢复了德意志民族的古风，在他们的歌曲、舞蹈、游戏、故事与礼貌中，在青年们的性灵中，古德意志的优美，自然的精神又取得了真纯的解释与标准。所以城市的生活的堕落，淫纵，耗费，奢侈，饰伪，以及危险与恐怖，不论他们传染性怎样的剧烈，再也沾不着洁净的青年，

道德家与宗教家的教训只是消极的勉强的，他们的觉悟是自动的，自然的，根本的，这运动也产生了一种真纯的友爱的情谊，在年轻的男子女子间，一种新来的大同的情感，不是原因于主义的刺激或党规的强迫，而是健康的生活里自然流露的乳酪，洁净是他们的生活的纤维，愉快是营养。

我这一直感想写完了，从我自己的野游蔓延到德国的青年运动，我想我再没有加案语的必要，我只要重复一句滥语——民族的希望就在自觉的青年。

正月二十四日

（作于一九二五年正月二十四日，
同年三月十三日初载于《晨报副刊》）

“话”

绝对的值得一听的话，是从不曾经人口说过的；比较的值得一听的话，都在偶然的低声细语中；相对的不值得一听的话，是有规律有组织的文字结构；绝对不值得一听的话，是用不经修练，又粗又蠢的嗓音所发表的语言。比如：正式会集的演说，不论是运动女子参政或是宣传色彩鲜明的主义；学校里讲台上的演讲，不论是山西乡村里训阎阉圣人用民主主义的冬烘先生的法宝，或是穿了前红后白道袍方巾的博士衣的瞎扯；或是充满了烟士披里纯开口天父闭口阿门的讲道——都是属于我所说最后的一类：都是无条件的根本的绝对的不值得一听的话。历代传下来的经典，大部分的文学书，小部分的哲学书，都是末了第二类——相对的不值得一听的话。至于相对的可听的活，我说大概都在偶然的低声细语中：例如真诗人梦境最深——诗人们除了做梦再没有正当的职业——神魂还在祥云缥缈之间那时候随意吐露出来的零句断片，英国大诗人宛茨渥士所谓茶壶煮沸时嗤嗤的微音；最可以象征入神的诗境——例如李太白的，我醉欲眠卿且去，明朝有意抱琴来，或是开茨的“Then I shut her wild, wild eyes with Ksses four”，你们知道宛茨渥士和雪莱他们不朽的诗歌，大都是在田野间，海滩边，树林里，独自徘徊着像离魂病似的自言自语的成绩；法国的波特莱亚、凡尔仑他们精美无比妙句，很多是受了烈性的麻醉剂——大麻或是鸦片——影响的结果。这种话比较的很值得一听。还有青年男女初次受了顽皮的小爱神箭伤以后，心跳肉颤面红耳赤的在花荫间，在课室内，或在月凉如洗的墓园里，含着一包眼泪吞吐出来

的——不问怎样的不成片段，怎样的违反文法——往往都是一颗颗希有的珍珠，真情真理的凝晶。但诸君要听明白了，我说值得一听的话大都是在偶然的低声和语中，不是说凡是低声和语都是值得一听的，要不然外交厅屏风后的交头接耳，家里太太月底月初枕头边的小噜嗦，都有了诗的价值了！

绝对的值得一听的话，是从不曾经人口道过的。整个的宇宙，只是不断的创造；所有的生命，只是个性的表现。真消息，真意义，内蕴在万物的本质里，好像一条大河，网络似的支流，随地形的结构，四方错综着，由大而小，由小而微，由微而隐，由有形至无形，由可数至无限，但这看来极复杂的组织所表明的只是一个单纯的意义，所表现的只是一体活泼的精神；这精神是完全的，整个的，实在的；唯其因为是完全整个实在而我们人的心力智力所能运用的语言文字，只是不完全非整个的，模拟的，象征的工具，所以人类几千年来文化的成绩，也只是想猜透这大迷谜似是而非的各种的尝试。人是好奇的动物；我们的心智，便是好奇心活动的表现。这心智的好奇性便是知识的起源。一部知识史。只是历尽了九九八十一大难却始终没有望见极乐世界求到大藏真经的一部西游记。说是快乐吧，明明是劫难相承的苦恼，苦恼中又分明有无限的安慰。我们各个人的一生便是人类全史的缩小，虽则不敢说我们都是寻求真理的合格者，但至少我们的胸中，在现在生命的出发时期，总应该培养一点寻求真理的诚心，点起一盏寻求真理的明灯，不至于在生命的道上只是暗中摸索，不至于盲目的走到了生命的尽头，什么发见都没有。

但虽则真消息与真意义是不可以人类智力所能运用的工具——就是语言文字——来完全表现，同时我们又感觉内心寻真求知的冲动，想侦探出这伟大的秘密，想把宇宙与人生的究竟，当作一朵盛开的大红玫瑰，一把抓在手掌中心，狠劲的紧挤，把花的色、香、灵肉，和我们自己爱美、爱色、爱香的烈情，绞和在一起，实现一个彻底的痛快；我们初上生命和知识舞台的人，谁没有也许多少深浅不同，浮士德的大野心，他想“discover the force that binds the world and guides its coarse”。谁不想在知识界里，做一个笼卷一切的拿破仑？这种想为王为霸的雄心，都是生命原力内动的征象，也是所有的大诗人、大艺术家最后成功的预兆；我们的问题就在怎样能替这一腔还在潜伏状态中的活泼的蓬勃的心力心能，开辟一条或几条可以尽情发展的方向，使这一盏心灵的神灯，一度点着以后，不但继续的有燃料的供给，而且能在狂风暴雨的境地里，益发的光焰神明；使这初出山的流泉，渐渐的汇成活泼的小涧，沿路再并合了四方来会的支流，虽则初起经过崎岖的山路，不免辛苦，但一到了平原，便可以放怀的奔流，成口成江，自有无限的前途了。

真伟大的消息都蕴伏在万事万物的本体里，要听真值得一听的话，只有请都两位最伟大的先生。

现放在我们面前的两位大教授，不是别的，就是生活本体与大自然。生命的现象，就是一个伟大不过的神秘；墙角的草兰，岩石上的苔藓，北洋冰天雪地里极熊水獭，城河边咕咕叫夜的水蛙，赤道上火焰似沙漠里的爬虫，乃至于弥漫在大气中的微菌，大海底最微妙的生物；总之太阳热照到或能透到的地域，就有生命现象。我们若然再看深一层，不必有菩萨的慧眼，也不必有神秘诗人的直觉，但凭科学的常识，便可以知道这整个的宇宙，只是一团活泼的呼吸，一体普遍的生命，一个奥妙灵动的整体。一块极粗极丑的石子，看来像是全无意义毫无生命，但在显微镜底下看时，你就在这又粗又丑的石块里，发现一个神奇的宇宙，因为你那时所见的，只是千变万化颜色花样各自不同的种种结晶体，组成艺术家所不能想象的一种排列；若然再进一层研究，这无量数的凝晶各个的本体，又是无量数更神奇不可思议的电子所组成：这里面又是一个 Cosmos，仿佛灿烂的星空，无量数的星球同时在放光辉在自由地呼吸着。

但我们决不可以为单凭科学的进步就能看破宇宙结构的秘密。这是不可能的。我们打开了一处知识的门，无非又发现更多还是关得紧紧的，猜中了一个小迷谜，无非从这猜中里又引一个更大更难猜的迷谜，爬上了一个山峰，无非又发现前面还有更高更远的山峰。

这无穷尽性便是生命与宇宙的通性。知识的寻求固然不能到底，生命的感觉也有同样无限的境界。我们在地面上做人这场把戏里，虽则是霎那间的幻象，欲是有的是好玩，只怕我们的精力不够，不会学得怎样玩法，不怕没有相当的趣味与报酬。

所以重要的在于养成与保持一个活泼无碍的心灵境地，利用天赋的身与心的能力，自觉的尽量发展生活的可能性。活泼无碍的心灵境界比如一张绷紧的弦琴，挂在松林的中间，感受大气小大快慢的动汤，发出高低缓急同情的音调。我们不是最爱自由最恶奴从吗？但我们向生命的前途看时，恐怕不易使我们乐观，除我们一点无形无踪的心灵以外，种种的势力只是强迫我们做奴做隶的势力：种种对人的心与责任，社会的习惯，机械的教育，沾染的偏见，都像沙漠的狂风一样，卷起满天的砂土，不时可以把我们可怜的旅行人整个儿给埋了！

这就是宗教家出世主义的大原因，但出世者所能实现的至多无非是消极的自由，我们所要的却不止此。我们明知向前是奋斗，但我们却不肯做逃兵，我们情愿将所有的精液，一齐发泄成奋斗的汗，与奋斗的血，只要能得最后的胜利，那时尽量的痛苦便是尽量的快乐。我们果然有从生命的现象与事实里，体验到生命的实在与意义；能从自然界的现象与事实里，领会到造化的实在与意义，那时随我们付多大的价钱，也是值得的了。

要使生命成为自觉的生活，不是机械的生存，是我们的理想。要从我们的日常经验里，得到培保心灵扩大人格的滋养，是我们的理想。要使我们的心灵，不但消极的不受外物的拘束与压迫，并且永远在继续的自动，趋向创作，活泼无碍的境界，是我们的理想。使人们的精神生活，取得不可否认的实在，使我们生命的自觉心，像大雪天滚雪球一般的愈滚愈大，不但在生活里能同化极伟大极深沉与极隐奥的情感，并且能领悟到大自然一草一木的精神，是我们的理想。使天赋我们灵肉两部的势力，尽性的发展，趋向最后的平衡与和谐，是我们的理想。

理想就是我们的信仰，努力的标准，果然我们能连用想象力为我们自己悬凝一个理想的人格，同时运用理智的机能，认定了目标努力去实现那理想，那时我们奋斗的经程中，一定可以得到加倍的勇气，遇见了困难，也不至于失望，因为明知是题中应有的文章，我们的立身行事，也不必迁就社会已成的习惯与法律的范围，而自能折中于超出寻常所谓善恶的一种更高的道德标准；我们那时便可以借用李太白当时躲在山里自得其乐时答复俗客的妙句，落花流水杳然去，别有天地非人间！

我们也明知这不是可以偶然做到的境界；但问题是在我们能否见到这境界，大多数人只是不黑不白的生，不黑不白的死，耗费了不少的食料与饮料，耗费了不少的时间与空间，结果连自己的臭皮囊都收拾不了，还要连累旁人；能见到的人已经不少，见到而能尽力去做的人当然更少，但这极少数人却是文化的创造者，便能在梁任公先生说的那把宜与茶壶里留下一些不磨的痕迹。

我个人也许见言太偏僻了，但我实在不敢信人为的教育，他动的训练，能有多大价值；我最初最后的一句话只是“自身体验去”，真学问、真知识决不是在教室中书本里所能求得的。

大自然才是一大本绝妙的奇书，每张上都写有无穷无尽的意义，我们只要学会了研究这一大本书的方法，多少能够了解他内容的奥义，我们的精神生活就不怕没有资养，我们理想的人格就不怕没有基础。但这本无字的天书，决不是没有相当的准备就能一目了然的：我们初识字的时候，打开书本子来，只见白纸上书的许多黑影，那里懂得什么意义。我们现有的道德教育里那一条训条，我们不能在自然界感到更深彻的意味，更亲切的解释？每天太阳从东方的地平上升，渐渐的放光，渐渐的放彩，渐渐的骗散了黑夜，扫荡了满天沉闷的云雾，霎刻间临照四方，光满大地；这是何等的景象？夏夜的星空，张着无量数光芒闪铄的神眼，衬出浩渺无极的穹苍，这是何等的伟大景象？大海的涛声不住的在呼啸起落，这是何等伟大奥妙的景象？高山顶上一体的纯白，不见一些杂色，只有天气飞舞着，云彩变幻着，这又是何等高尚纯粹的景象？小而言之，就是地上一棵极贱的草花，他在春风与艳阳中摇曳着，自有一种庄严愉快的神情，无怪诗人见

了，甚至内感“非涕泪所能宣泄的情绪”。宛茨渥士说的自然“大力回容，有镇驯矫饬之功”，这是我们的真教育。但自然最大的教训，尤在“凡物各尽其性”的现象。玫瑰是玫瑰，海棠是海棠，鱼是鱼，鸟是鸟，野草是野草，流水是流水；各有各的特性，各有各的效用，各有各的意义。仔细的观察与悉心体会的结果，不由你不感觉万物造作之神奇，不由你不相信万物的底里是有一致的精神流贯其间，宇宙是合理的组织，人生也无非这大系统的一个关节。因此我们也感想到人类也许是最无出息的一类。一茎草有他的妩媚，一块石子也有他的特点，独有人反只是庸生庸死，大多数非但终身不能发挥他们可能的个性，而且遗下或是丑陋或是罪恶一类不洁净的踪迹，这难道也是造物主的本意吗？

我前面说过所有的生命只是个性的表现。只要在有生的期间内，将天赋可能的个性尽量的实现，就是造化旨意的完成。我这几天在留心我们馆里的月季花，看他们结苞，看他们开放，看他们逐渐的盛开，看他们逐渐的憔悴，逐渐的零落。我初动的感情觉得是可悲，何以美的幻象这样的易灭，但转念却觉得不但不必为花悲，而且感悟了自然生生不已的妙意。花的责任，就在集中他春来所吸受阳光雨露的精神，开成色香两绝的好花，精力完了便自落地成泥，圆满功德，明年再来过。只有不自然的被摧残了，不能实现他自傲色香的一两天，那才是可伤的耗费。

不自然的杀灭了发长的机会，才是可惜，才是违反天意。我们青年人应该时时刻刻地把这个原则放在心里。不能在我生命实现人之所以为人，我对不起自己。在为人的生活里不能实现我之所以为我，我对不起生命；这个原则我们也应该时时放在心里。

我们人类最大的幸福与权力，就是在生活里有相当的自由活动，我们可以自觉的调剂，整理，修饰，训练我们生活的态度，我们既然了解了生活只是个性的表现，只是一种艺术，就应得利用这一点特权将生活看作艺术品，谨慎小心的做去。运命论我们是不相信的，但就是相面算命先生也还承认心有改相致命的力量。环境论的一部分我们不得不承认，但是心灵支配环境的可能，至少也与环境支配生活的可能相等，除非我们自愿让物质的势力整儿扑灭了心灵的发展，那才是生活里最大的悲惨。

我们的一生不成材不碍事：材是有用的意思；不成器也不碍事，器也是有用的意思。生活却不可不成品，不成格，品格就是个性的外现，是对于生命本体，不是对于其余的标准，例如社会家庭——直接担负的责任；橡树不是榆树，翠鸟不是鸽子，各有各的特异的品格。在造化的观点看来，橡树不是为柜子衣架而生，鸽子也不是为我们爱吃五香鸽子而存，这是他们偶然的用或被利用，物之所以为物的本义是在实现他天赋的品性，实现内部精力所要求的特异的格调。我们生命里所包涵的活力，也不问你在世上做将，做相，做资本家，做劳动者，做国会议员，做大学教授，而只要求一种特异品格的表现，独一的，自成一体的，不可以第二类相比称的，犹之一树上没有两张绝对相同的叶子，我们四百万万人里也没有两个相同的鼻子。而要实现我们真纯的个性，决不是仅仅在外表的行为上务为新奇务为怪僻——这是变性不是个性——真纯的个性是心灵的权力能够统制与调和身体，理智、情感、精神，种种造成人格的机能以后自然流露的状态，在内不受外物的障碍，像分光镜似的灵敏，不论是地下的泥砂，不论是远在万万里外的星辰，只要光路一对准，就能分出他光浪的特性；一次经验便是一次发明，因为是新的结合，新的变化。有了这样的内心生活，发之于外，当然能超于人为的条例而能与更深奥却更实在的自然规律相呼应，当然能实现一种特异的品与格，当然能在这大自然的系统里尽他的特异的贡献，证明他自身的价值。懂了物各尽其性的意义再来观察宇宙的事物，实在没有一件东西不是美的，一叶一花是美的不必说，就是毒性的虫，比如蝎子，比如蚂蚁，都是美的。只有人，造化期望最深的人，却是最辜负的，最使人失望的，因为一般的人，都是自暴自弃，非但不能尽性，而且到底总是糟蹋了原来可以为美可以为善的本质。

惭愧呀，人！好好一个可以做好文章的题目，却被你写做一篇一窍不通的滥调；好好一个画题，好好一张帆布，好好的颜色，都被你涂成奇丑不堪的滥画；好好的雕刀与花冈石，却被你斫成荒谬恶劣的怪像！好好的富有灵性可以超脱物质与普遍的精神共化永生的生命，却被你糟蹋亵渎成

了一种丑陋庸俗卑鄙龌龊的废物！

生活是艺术。我们的问题就在怎样的运用我们现成的材料，实现我们理想的作品；怎样的可以像密佗郎其罗一样，取到了一大块矿山里初开出来的白石，一眼望过去，就看出他想象中的造的像，已经整个的嵌稳着，以后只要下打开石子把他不受损伤的取了出来的工夫就是。所以我们再也不要抱怨环境不好不适宜，阻碍我们自由的发展，或是教育不好不适宜，不能奖励我们自由的发展。发展或是压灭，自由或是奴从，真生命或是苟活，成品或是无格——一切都在我们自己，全看我们在青年时期有否生命的觉悟，能否培养与保持心灵的自由，能否自觉的努力，能否把生活当作艺术，一笔不苟的做去。我所以回返重复的说明真消息、真意义、真教育决非人口或书本子可以宣传的，只有集中了我们的灵感性直接的一面向生命本体，一面向大自然耐心去研究，体验，审察，省悟，方才可以多少了解生活的趣味与价值与他的神圣。

因为思想与意念，都起于心灵与外象的接触：创造是活动与变化的结果。真纯的思想是一种想象的实在，有他自身的品格与美，是心灵境界的彩虹，是活着的胎儿。但我们同时有智力的活动，感动于内的往往有表现于外的倾向——大画家米莱氏说深刻的印象往往自求外现，而且自然的会寻出最强有力的方法来表现——结果无形的意念便化成有形可见的文字或是有声可闻的语言，但文字语言最高的功用就在能象征我们原来的意念，他的价值也止于凭藉符号的外形，暗示他们所代表的当时的意念。而意念自身又无非是我们心灵的照海灯偶然照到实在的海里的一波一浪或一岛一屿，文字语言本身又是不完善的工具，再加之我们运用驾驭力的薄弱，所以文字的表现很难得是勉强可以满足的。我们随便翻开那一本书，随便听人讲话，就可以发现各式各样的文字障，与语言习惯障，所以既然我们自己用语言文字来表现内心的现象已经至多不过勉强的适用，我们如何可以期望满心只是文字障与语言习惯障的他人，能从呆板的符号里领悟到我们一时神感的意念。佛教所以有禅宗一派，以不言传道，是很可寻味的——达摩面壁十年，就在解脱文字障直接明心见道的工夫。现在的所谓教育尤其是离本更远，即使教育的材料最初是有多少活的成分，但经了几度的转换，无意识的传授，只能变成死的训条——穆勒约翰说的“Dead dogma”不是“Living idea”，我个人所以根本不信任人为的教育能有多大的价值，对于人生少有影响不用说，就是认为灌输知识的方法，照现有的教育看来，也免不了硬而且蠢的机械性。

但反过来说，既然人生只是表现，而语言文字又是人类进化到现在比较的最适用的工具，我们明知语言文字如同政府与结婚一样是一件不可免的没奈何事，或如尼采说的是“人心的牢狱”，我们还是免不了他。我们只能想法使他增加适用性，不能抛弃了不管，我们只能做两部分的工夫：一方面消极的防止文字障语言习惯障的影响；一方面积极的体验心灵的活动，极谨慎的极严格的在我们能运用的字类里选出比较的最确切最明了最无疑义的代表。

这就是我们应该应用《自觉的努力》的一个方向。你们知道法国有个大文学家弗洛贝尔，他有一个信仰，以为一个特异的意念只有一个特异的字或字句可以表现，所以他一辈子艰苦卓绝的从事文学的日子，只是在寻求唯一适当的字句来代表唯一相当的意念。他往往不吃饭不睡，呆呆的独自坐着，绞着脑筋的想，想寻出他称心惬意的表现，有时他烦恼极了，甚至想自杀，往往想出了神，几天写不成一句句子。试想象他那样伟大的天才，那样丰富的学识，尚且要下这样的苦工，方才制成不朽的文学，我们看了他的榜样不应该感动吗？

不要说下笔写，就是平常说话，我们也应有相当的用心——一句话可以泄露你心灵的浅薄，一句话可以证明你自觉的努力，一句话可以表示你思想的糊涂，一句话可以留下永久的印象。这不是说说话要漂亮，要流利，要有修词的工夫，那都是不重要的：最重要的是对内心意念的忠实，与适当的表现。固然有了清明的思想，方能有清明的语言，但表现的忠实，与不苟且运用文字的决心，也就有纠正松懈的思想与警醒心灵的功效。

我们知道说话是表现个性极重要的方法，生活既然是一个整体的艺术，说话当然是这艺术里的重要部分。极高的工夫往往可以从极小的起点做去，我们实现生命的理想，也未始不可从注意说话做起。

（写作时间不详）

吸烟与文化

（一）

牛津是世界上名声压得倒人的一个学府。牛津的秘密是它的导师制。导师的秘密，按利卡克教授说，是“对准了他的徒弟们抽烟。”真的在牛津或康桥地方要找一个不吸烟的学生是很费事的——先生更不用提。学会抽烟，学会沙发上古怪的坐法，学会半吞半吐的谈话——大学教育就够格儿了。“牛津人”、“康桥人”：还不彀抖吗？我如其有钱办学堂的话，利卡克说，第一件事情我要做的是造一间吸烟室，其次造宿舍，再次造图书室；真要到了有钱没地方花的时候再来造课堂。

（二）

怪不得有人就会说，原来英国学生就会吃烟，就会懒惰。臭绅士的架子！臭架子的绅士！难怪我们这年头背心上刺刺的老不舒服，原来我们中间也来了几个叫土巴菰烟臭薰出来的破绅士！

这年头说话得谨慎些。提起英国就犯嫌疑。贵族主义！帝国主义！走狗！挖个坑埋了他！

实际上事情可不这么简单。侵略，压迫，该咒是一件事，别的事情可不跟着走。至少我们得承认英国，就它本身说，是一个站得住的国家，英

国人是有出息的民族。它有的是组织的生活，它有的是活气的文化。我们也得承认牛津或是康桥至少是一个十分可羡慕的学府，它们是英国文化生活的娘胎。多少伟大的政治家、学者、诗人、艺术家、科学家，是这两个学府的产儿——烟味儿给薰出来的。

（三）

利卡克的话不完全是俏皮话。“抽烟主义”是值得研究的。但吸烟室究竟是怎么一回事？烟斗里如何抽得出文化真髓来？对准了学生抽烟怎样是英国教育的秘密？利卡克先生没有描写牛津康桥生活的真相；他只这么说，他不曾说出一个所以然来。许有人愿意听听的，我想。我也叫名在英国念过两年书，大部分的时间在康桥。但严格的说，我还是不够资格的。我当初并不是像我的朋友温源宁先生似的出了大金镑正式去请教薰烟的：我只是一个，比方说，烤小半熟的白薯，离着焦味儿透香还正远哪。但我在康桥的日子可真是享福，深怕这辈子再也得不到那样蜜甜的机会了。我不敢说康桥给了我多少学问或是教会了我什么。我不敢说受了康桥的洗礼，一个人就会变气息，脱凡胎。我敢说的只是——就我个人说，我的眼是康桥教我睁的，我的求知欲是康桥给我拨动的，我的自我的意识是康桥给我胚胎的。我在美国有整两年，在英国也算是整两年。在美国我忙的是上课，听讲，写考卷，龈橡皮糖，看电影，赌咒。在康桥我忙的是散步，划船，骑自转车，抽烟，闲谈，吃五点钟茶牛油烤饼，看闲书。如其我到美国的时候是一个不含糊的草包，我离开自由神的时候也还是那原封没有动，但如其我在美国时候不曾通窍，我在康桥的日子至少自己明白了原先只是一肚子颟肝。这分别不能算小。

我早想谈谈康桥，对它我有的是无限的柔情。但我又怕亵渎了它似的始终不曾出口。这年头！只要贵族教育一个无意识的口号就可以把牛顿、达尔文、米尔顿、拜伦、华茨华斯、阿诺尔德、纽门、罗刹蒂、格兰士顿等等所从来的母校一下抹煞。再说年来交通便利了，各式各种日新月异的教育原理教育新制翩翩的从各方向的外洋飞到中华，那还容得厨房老过四百年墙壁上爬满骚胡髭一类藤萝的老书院一起来上讲坛？

（四）

但另换一个方向看去，我们也见到少数有见地的人再也看不过国内高等教育的混沌现象，想跳开了蹂烂的道儿，回头另寻新路走去，向外望去，现成有牛津康桥青藤缭绕的学院招着你微笑；回头望去，五老峰下飞泉声中白鹿洞一类的书院瞅着你惆怅。这浪漫的思乡病跟着现代教育丑化的程度在少数人的心中一天深似一天。这机械性买卖性的教育够腻烦了，我们说。我们也要几间满沿着爬山虎的高雪克屋子来安息我们的灵性，我们说。我们也要一个绝对闲暇的环境好容我们的心智自由的发展去，我们说。

林语堂先生在《现代评论》登过一篇文章谈他的教育的理想。新近任叔永先生与他的夫人陈衡哲女士也发表了他们的教育的理想。林先生的意思约莫记得是想仿效牛津一类学府；陈任两位是要恢复书院制的精神。这两篇文章我认为是很重要的，尤其是陈任两位的具体提议，但因为开倒车走回头路分明是不合时宜，他们几位的意思并不曾得到期望的回响。想来现在的学者们大忙了，寻饭吃的，做官的，当革命领袖的，谁都不得闲，谁都不愿闲，结果当然没有人来关心什么纯粹教育（不含任何动机的学问）或是人格教育。这是个可憾的现象。

我自己也是深感这浪漫的思乡病的一个；我只要

“草青人远，

一流冷涧”……

但我们这想望的境界有容我们达到的一天吗？

民十五年一月十四

（作于一九二六年一月十四日，初载《晨报副刊》）

倾听徐志摩

·记游山川名城·

西湖记二则

九月二十九日

这一时骤然的生活改变了态度，虽则不能说是从忧愁变到快乐，至少却也是从沉闷转成活泼。最初是父亲自己也闷慌了，有一天居然把那只游船收拾个干净，找了叔薇兄弟等一群人，一直开到东山背后，过榆桥转到横头景转桥，末了还看了电灯厂方才回家。那天很愉快！塔影河的两岸居然被我寻出了一爿两片经霜的枫叶。我从水面上捞到了两片，不曾红透的，但着色糯净得可爱。寻红叶是一件韵事（早几天我同绎义阿六带了水果月饼玫瑰酒到东山背后去寻红叶，站在俞家桥上张皇的回望，非但一些红的颜色都找不到，连枫树都不易寻得出来，失望得很。后来翻山上去，到宝塔边去痛快的吐纳了一番。那时已经瞑色渐深，西方只剩有几条青白色，月亮已经升起，我们慢慢的绕着塔院的外面下去，歇在问松亭里喝酒，三兄弟喝完了一瓶烧酒，方才回家。山脚下又布施了上月月下结织的丐友，他还问起我们答应他的冬衣哪！），菱塘里去买菱吃，又是一件趣事，那钵盂峰的下面，都是菱塘，我们船过时，见鲜翠的菱塘里，有人坐着圆圆的菱桶在采摘。我们就嚷着买菱。买了一桌子的菱，青的红的，满满的一桌子。“树头鲜”真是好吃，怪不得人家这么说。我选了几只嫩青，带回家给妈吃，她也说好。

这是我们第一次称心的活动。

八月十五那天，原来约定到适之那里去赏月的，后来因为去得太晚了，又同着绎义，所以不曾到烟霞去。那晚在湖上也玩得很畅，虽则月儿只是若隐若现的。我们在路上的时候，满天堆紧了乌云，密层层的，不见中秋的些微消息。我那时很动了感兴——我想起了去年印度洋上的中秋！一年的差别！我心酸得比哭更难过。一天的乌云，是的，什么光明的消息都莫有！

我们在清华开了房间以后，立即坐车到楼外楼去。吃得很饱，喝得很畅。桂花栗子已经过时，香味与糯性都没有了。到九点模样，她到底从云阵里奋战了出来，满身挂着胜利的霞彩，我在楼窗上靠出去望见湖光渐渐的由黑转青，青中透白，东南角上已经开朗，喜得我大叫起来。我的欢喜不仅为是月出；最使我痛快的，是在于这失望中的满意。满天的乌云，我原来已经抵拚拿雨来换月，拿抑塞来换光明，我抵拚喝他一个醉，回头到梦里去访中秋，寻团圆——梦里是甚么都有的。

我们站在白堤上看月望湖，月有三大圈的彩晕，大概这就算是月华的了。

月出来不到一点钟又被乌云吞没了，但我却盼望，她还有扫荡廓清的能力，盼望她能在一半个时辰内，把掩盖住青天的妖魔，一齐赶到天的那边去，盼望她能尽量的开放她的清辉，给我们爱月的一个尽量的陶醉——那时我便在三个印月潭和一座雷峰塔的媚影中做一个小鬼，做一个永远不上岸的小鬼，都情愿，都愿意。

“贼相”不在家，末了抓到了蛮子仲坚，高兴中买了许多好吃的东西——有广东夹沙月饼——雇了船，一直望湖心里进发。

三潭印月上岸买栗子吃，买莲子吃；坐在九曲桥上谈天，讲起湖上的对联，骂了康圣人一顿。后来走过去在桥上发现有三个人坐着谈话，几上放有茶碗。我正想对仲坚说他们到有意思，那位老翁涩重的语音听来很熟，定睛看时，原来他就是康大圣人！

下一天我们起身已不早，绎义同意到烟霞洞去，路上我们逛了雷峰塔，我从不曾去过，这塔的形与色与地位，真有说不出的神秘的庄严与美。塔里面四大根砖柱已被拆成倒置圆锥体形，看看危险极了。轿夫说：“白状元

的坟就在塔前的湖边，左首草丛里也有一个坟，前面一个石碣，说是白娘娘的坟。”我想过去，不料满径都是荆棘，过不去。雷峰塔的下面，有七八个鹄形鸠面的丐僧，见了我们一齐张起他们的破袈裟，念佛要钱。这倒颇有诗意。

我们要上桥时，有个人手里握着一条一丈余长的蛇，叫着放生，说是小青蛇。我忽然动心，出了两角钱，看他把那蛇扔在下面的荷花池里，我就怕等不到夜她又落在他的手里了。

进石屋洞初闻桂子香——这香味好几年不闻到了。

到烟霞洞时上门不见土地，适之和高梦旦他们一早游花坞去了。我们只喝了一碗茶，捡了几张大红叶——疑是香樟——就急急的下山。香蕉月饼代饭。

到龙井，看了看泉水就走。

前天在车里想起雷峰塔做了一首诗用杭白。

那首是白娘娘的古墓，
（划船的手指着蔓草深处）
客人，你知道西湖上的佳话，
白娘娘是个多情的妖魔。
她为了多情，反而受苦——
爱了个没出息的许仙，她的情夫；
他听信一个和尚，一时的糊涂，
拿一个钵盂，把她妻子的原形罩住。

到今朝已有千把年的光景，
可怜她被镇压在雷峰塔底——
这座残败的古塔，凄凉地，
庄严地，永远在南屏的晚钟声里！

十月二十一日

昨下午自硖到此，与适之经农同寓新新，此来为《做工》，此来为《寻快活》。

昨在火车中，看了一个小沄做的《龙女》的故事，颇激动我的想象。

经农方才又说，日子过得太快了，我说日子只是过的太慢，比如看书一样，乏味的页子，尽可以随便翻他过去——但是到什么时候才翻得到不乏味的页子呢？

我们第一天游湖，逛了湖心亭——湖心亭看晚霞看湖光是湖上少人注意的一个精品——看初华的芦荻，楼外楼吃蟹，曹女士贪看柳梢头的月，我们把桌子移到窗口，这才是持螯看月了！夕阳里的湖心亭，妙；月光下的湖心亭，更妙。晚霞里的芦雪是金色，月下的芦雪是银色。莫泊桑有一段故事，叫做 In The Moonlight，白天适之翻给我看，描写月光激动人的柔情的魔力，那个可怜的牧师，永远想不通这个矛盾："既然上帝造黑夜来让我们安眠，这样绝美的月色，比白天更美得多，又是什么命意呢？"便是最

严肃的，最古板的宝贝，只要他不曾死透僵透，恐怕也禁不起“秋月的银指光儿，浪漫的搔爬”！曹女士唱了一个“秋香”歌，婉曼得很。

三潭印月——我不爱什么九曲，也不爱什么三潭，我爱在月光下看雷峰静极了的影子——我见了那个，便不要性命。

阮公墩也是个精品，夏秋间竟是个绿透了的绿洲，晚上雾霭苍茫里，背后的群山，只剩了轮廓！它与湖心亭一对乳头形的浓青——墨青，远望去也分不清是高树与低枝，也分不清是榆荫是柳荫，只是两团媚极了的青屿——谁说这上面不是神仙之居？

我形容北京冬令的西山，寻出一个“钝”字；我形容中秋的西湖，舍不了一个“嫩”字。

昨夜二更时分与适之远眺着静偃的湖与堤与印在波光里的堤影，清绝秀绝媚绝，真是理想的美人，随她怎样的姿态妙，也比拟不得的绝色。我们便想出去拿舟玩月；拿一只轻如秋叶的小舟，悄悄的滑上了夜湖的柔胸，拿一支轻如芦梗的小桨，幽幽的拍着她光润，蜜糯的芳容，挑着她雾縠似的梦壳，扁着身子偷偷的挨了进去，也好分尝她贪饮月光醉了的妙趣！

但昨夜却为太戈儿的事缠住了，辜负了月色，辜负了湖光，不曾去拿舟，也不曾去偷尝“西子”的梦情；且待今夜月来时吧！

“数大”便是美，碧绿的山坡前几千个绵羊，挨成一片的雪绒，是美；一天的繁星，千万双闪亮的神眼，从无极的蓝空中下窥大地，是美；泰山顶上的云海，巨万的云峰在晨光里静定着，是美；绝海万顷的波浪，戴着各式的白帽，在日光里动荡着，起落着，是美；爱尔兰附近的那个“羽毛岛”上栖着几千万的飞禽，夕阳西沉时只见一个“羽化”的大空，只是万鸟齐鸣的大声，是美，……数大便是美，数大了，似乎按照着一种自然律，自然的会有一种特殊的排列，一种特殊的节奏，一种特殊的式样，激动我们审美的本能，激发我们审美的情绪。

所以西湖的芦荻，与花坞的竹林，也无非是一种数大的美。但这数大的美，不是智力可以分析的，至少不是我的智力所能分析。看芦花与看黄熟的麦田，或从高处看松林的顶颠，性质是相似的；但因颜色的分别，白与黄与青的分别，我们对景而起的情感，也就各个不同。季候当然也是个影响感兴的元素。芦雪尤其代表气运之转变，一年中最显著最动人深感的转变；象征中秋与三秋间万物由荣入谢的微指：所以庐荻是个天生的诗题。

西湖的芦苇，年来已经渐次的减少，主有芦田的农人，因为芦柴的出息远不如桑叶，所以改种桑树，再过几年，也许西溪的“秋雪”，竟与苏堤的断桥，同成陈迹。

在白天的日光中看芦花，不能见芦花的妙趣；他是同丁香与海棠一样，只肯在月光下泄漏他灵魂的秘密；其次亦当在夕阳晚风中。去年十一月我在南京看玄武湖的芦荻，那时柳叶已残，芦花亦飞散过半，但紫金山反射的夕照与城头倏起的凉飔，从苇里惊起了野鸭无数，墨点似的洒满云空（高下的鸣声相和），与一湖的飞絮，沉醉似的舞着，写出一种凄凉的情调，一种缠绵的意境，我只能称之为“秋之魂”，不可以言语比况的秋之魂！又一次看庐花的经验是在月夜的大明湖，我写给徽那篇《月照与湖》（英文的）就是纪念那难得的机会的。

所以前天西溪的芦田，他本身并不曾怎样的激动我的情感。与其白天看西溪的芦花，不如月夜泛舟到湖心亭去看芦花，近便经济得多。

花坞的竹子，可算一绝，太好了，我竟想不出适当的文字来赞美；不但竹子，那一带的风色都好，中秋后尤妙，一路的黄柳红枫，真叫人应接不暇！

三十一那天晚上我们四个人爬登了葛岭，直上初阳台，转折处颇类香山。

（写于一九一八年，选自《志摩日记》）

“雨后虹”

我记得儿时在家塾中读书，最爱夏天的打阵。塾前是一个方形铺石的“天井”，其中有不砌的金鱼潭，周围杂生花草，几个积水的大缸，几盆应时的鲜花，——这是我们的“大花园”。南边的夏天下午，蒸热得厉害，全靠傍晚一阵雷雨，来驱散暑气，黄昏时满天星出，凉风透院，我常常袒胸洗足和姊嫂兄弟婢仆杂坐在门口“风头里”，随便谈笑，随便歌唱，算是绝大的快乐。但在白天不论天热得连气都转不过来，可怜的读书官官们，还是照常临帖习字，高喊着“黄鸟黄鸟”，“不亦说乎”；虽则手里一把大蒲扇，不住地扇动，满须满腋的汗，依旧蒸炉似透发，先生亦还是照常抽他的大烟，喝他的“清平乐府”。在这样烦溽的时候，对面四丈高白精上的日新忽然隐息，清朗的天上忽然满布了乌云，花园里的水缸盆景，也沈静闲滤，仿佛等候什么重大的消息，书房里的光线也渐渐减淡，直到先生榻上那只烟灯，原来只像一磷鬼火，大放光明，满屋子里的书桌，墙上的字画，天花板上挂的方玻璃灯，都像变了形，怪可怕的。突然一股尖劲的凉风，穿透了重闷的空气，从窗外吹进房来，吹得我们毛骨悚然，满身腻烦的汗，几乎结冰，这感觉又痛快又难过；但我们那时的注意，都不在身体上，而在这凶兆所预告的大变，我们新学得的什么：洪水泛滥；混沌，天翻地覆；皇天震怒；等等字句，立刻在我们小脑子的内库里跳了出来，益发引起孩子们：只望烟头起的本性。我们在这阴迷的时刻，往往相顾悍然，热性放开，大嗓狂读，身子也狂摇得连生机都礫格作响。

同时沈闷的雷声，已经在屋顶发作，再过几分钟，只听得庭心里石板上劈拍有声，仿佛马蹄在那里踢踏：重复停了；又是一小阵淅淅；如此作了几次阵势，临了紧接着坍天破地的一个或是几个霄霹——我们孩子早把耳朵堵住——扁豆大的雨块，就很命狂倒下来，屋溜屋檐，屋顶，墙角里的碎碗破铁罐，一齐同情地反向；楼上婢仆争收晒件的慌张咒笑声关窗声；间壁小孩的嚷叫；雷声不住地震吼；天井里的鱼潭小缸，早已像煮沸的小壶，在那里狂流溢——我们很替可怜的金鱼们担忧；那几盆嫩好的鲜花，也不住地狂颤；阴沟也来不及收吸这汤汤的流水，石天井顷刻名副其实，水一直满出尺半了的阶沿，不好了！书房里的地平碾上都是水了！闪电像蛇似钻入室内连先生肮脏的坑床都照得烁亮；有时外面厅梁上住家的燕子，也进我们书房来避难，东扑西投，情形又可怜又可笑。

在这一团和糟之中，我们孩子反应的心理，切并不简单，第一，我们当然觉得好玩，这里，品林嘭朗那里也品林嘭朗，原来又炎热又乏味的下午忽然变得这样异乎寻常地闹热，小孩那一个不欢迎。第二，天四一打阵，大家起劲看，起劲开窗户，起劲听，当然写字的搁笔，念书的闭口，连先生（我们想）有时也觉得好玩！然而我记得我个人前亲切的心理反应。仿佛猪八戒听得师父被女儿国招了亲着要散伙的心理。我希望那样半混沌的情形继续，电光永闭着，雨水倒着，水永没上阶沿，漏入室内，因此我们读书写字的责务也永远止歇！孩子们照倒怕拘束，最爱自由，爱整天玩，最恨生定读书，最厌怎牢狱一般的书房——犹之猪八戒一腔野心，其实不愿意跟着穷师父取穷经整天只吃些穷斋，所以关入书房的孩子，没有一个心愿的，底里没有一个不想造反；就是思想没有这贯力，同时书房和牢房收敛野性的效力也逐渐进大，所以孩子们至多短期逃学，暗观先生；生瘟病，很少敢昌言，从此不进书房的革命谈。但暑天的打阵，却符合了我们潜伏的希冀，我俄顷之间，天地变色，书房变色，有时连先生亦变色，无怪这聚锢的叛儿，这勉强修行的猪八戒，感觉到十二分的畅快，甚至盼望天从此再不要清明，雷雨从此再不要休止！

我生平最纯粹可贵的教育是得之于自然界，田野，森林，山谷，湖，草地，是我的课室；云彩的变幻，晚霞的绚烂，星月的隐现，田里的表浪

是我的功课；瀑吼，松涛，鸟语，雷声是我的教师，我的官觉是他们忠谨的学生，爱教的弟子。

大部分生命的觉悟，只是耳目的觉悟；我整整过了二十多年含糊生活，头视疑听疑嗅疑觉的一个生物！我记得我十三岁那年初次发现我的眼是近视，第一付眼镜配好的时候，天已昏黑，那时我在泥城桥附近和一个朋友走路，我把眼镜试戴上去，仰头一望，异哉好一个伟大蓝净不相热的天，张着几千百只指光闪铄的神眼，一直穿过我眼镜眼睛直贯我灵府深处，我持永不得大声叫道，好天，今天才规复我眼睛的权利。

但眼镜虽好，只能助你看，而不能使你看；你若然不愿意来看，来认识，来享乐你的自然界，你就带十付二十付托立克，克立托也是无效！

我到今日才再能大声叫道，“好天，今日才知道商用我生命的权利！”

我不抱歉“叫”得迟，我只怕死准了眼镜不知道“看”。

我方才记起小时在私塾制夏天打阵的往迹，我现在想记我二日前冒阵待虹的经验。

猫最好看的情形，是在春天下午她从地毡上午寐醒来，回头还想伸懒腰，出去游玩，猛然看见五步之内，沾着一只傲慢不参的野狗，她不禁大怒，把她二十个利爪一起尽性放开，扒紧在地毡上，把她的背无限地高控，像一个桥洞，尾巴旗杆以笔直竖起满身的猫毛也满溢着她的义愤，她圆睁了她的黄睛，对准她的仇敌，从口鼻间哈出一声威吓。这是猫的怒，在旁边看她的人虽则很体谅她的发脾气，总觉得有趣可笑。我想我们站得远远地看人类的悲剧，有时也只觉得有趣可笑。我们在稳固的山按上，看疾风暴雨，看牛羊牧童在雷震电飙中飞奔躲避，也只觉得有趣可笑。

笑，柏格森说，纯粹是智慧的，示深切的同情感兴，不能同时并存。所以我们需要领会悲剧成深的情感——不论是事实或表现在文字里的——的意义，最简捷的方法是将我们自身和经验的对象同化，开振我们的同情力来替他设身处地。你体会伟大情感的程度愈高，你了解人道的范围亦愈广。我们对待自然界我以为也是如此。我们爱寻常上原，汝我们爱高山大水，爱市河庸沼，不如流涧大瀑，爱白日广天，不如朝彩晚霞，爱细雨微风，不如疾雷迅雨。

简言之，我们也爱自然界情感奋切的际今，他所行动的情绪，当然也不是乎常庸汽。

所以我十数年前私塾爱打阵，如今也还是爱打阵，不过这爱字意义不尽同就是。

有一天我正在房里看书，列兰（房东的小女孩，她每次见天象变迁总来报告我，我看见两个最富贵的落日，都是她的功劳）跑来说天快打阵了。我一看，外果然完全矿灰色，一阵阵的灰在街心里卷起，路上的行人都急忙，走着，天上已经叠好无数的雨饼，此等信号一动就下，我赶快穿了雨衣，外加我们的袍戴上方帽，出门骑上自行车，飞快向我校背赶去。一路雨点已经雹块似抛下。河边满树开花的栗树，曼陀罗，紫丁香，一齐俯首收束，专待恣孱，但他们芬芳的呼吸，却彻浃重实的空气，似乎向孟浪的狂且，乞情求免。

我到校门的时候，满天几乎漆黑，雷声已动，门房迎着笑道，“呀，你到得真巧，再过一分钟，你准让阵须漫透!”我笑答道，“我正为要漫透来的!”

我一口气跑到河边，四周估量了一下，觉得还是桥上的地位最好，我就去靠在桥栏上老等，我头顶正是那株靠河最大的榆树，对面是棵柳树，从柳树里望见先华亚学院的一角，和我们著名教堂的后背（Kingis Chepei）；两树的中间，正对校友居（Tllows、Builbing）的大部，中隔着百码见方由齐整匀净葱翠的草庭。这是在我的右边。从柳树的左手望见亭，倩倩三环洞，先华亚桥，她的妙景，整整地印在平静的康河里，河左岸的牧场上，作旧有几匹马几条黄白花牛在那里吃草，啮啮有声，完全不理会天时的变迁，只晓得勤拂着马鬃牛尾，驱逐愈很的马蝇牛虫。此时天色虽则阴沉可怕，然我眼前绝美的一幅图画——绝色的建筑，庄严的寺角，绝色的绿草，绝色的河间桥，绝色的垂柳高桥——只是一片异样恬静，绝不露仓皇形色。草地上有三两只小雀，时常地跳跃；平常高唱好书者黑雀却都住了口，大约伏在巢里看光景，只远处偶然的鸦啼，散沙似从半天里

撒下。

记得，桥上有我站着。

来了！雷雨都到了猖獗的程度，只听见自然界一体的暄哗；雷是鼓，雨落草地是沈溜的弦声，雨落水面是急珠走盘声，雨落柳上是疏郁的琴声；雨落桥阑是击草声。

西南角——牧场那一边我的左手，正对友居——的云堆里，不时放射出电闪，穿过树林，仿佛好几条紧缠的金蛇，掠过光景，一直打到教堂的颜色玻璃和校友居的青藤白不和凹屈别致的窗玻上，像几条洞偏担，同时打一块磨石大的火石，金花口财，光惊骇目。

雨忽注不休。云色虽稍开明，但四围都是雨激起的烟雾苍茫，克莱亚的一面几乎看不清楚。我仰庇掬老翁的高荫，身上并不大湿，但桥上的水，却分成几个泥沟，急冲下来，我站在两条泥沟的中间，所以鞋也没有透水。同时我很高兴发现离我十几码一棵大榆树底下，也有两个人站着，但他们分明是避雨，不是像我来看来经验打阵。他们在那里划火抽烟，想等过这阵急痳。

那边牧场方才不管天时变迁尽吃的朋友，此时也躲在场中间两枝榆树底下，马低着头，牛昂着头，在那里抱怨或是崇拜老天的变怒。

雨已经下了十几分钟，益发大了。雷电都已经休止，天色也更清明了。但我所仰庇的掬老翁，再也不能继续荫庇我，他老人家自己的胡髭，也支不住淋漓起来，结果是我浑身增加好几斤重量。有时作恶的水一直灌进我的领子，直溜到背上，寒透肌骨；桥栏也全没了；我脚下的乾土，也已经渐次灭迹，几条泥沟，已经迸成一大股浑流，踊跃进行，我下体也增加了重量，连胫骨都湿了。到这个时候，初阵的新奇已经过去，满眼只是一体的雨色，满耳只是一体的雨声，满身只是一体的雨感觉，我独身——避雨那两位，已逃入邻近的屋子里——在大雨里听淹，头上的方巾已成了湿巾，前后左右淋个不住，倒觉得无聊起来。

但我有希望，西天的云已经开解不少，露出夕阳的预兆，我想这雨一停一定有奇景出现——我于是立定主意示雨赌耐心。我向地上看，看无数的榆钱在急涡里乱转，还有几个不幸的虫蛾也葬身在这横流之中，我忽然想起道施滔奄夫斯基的一部小说里的一个设想，他说你若然发现你自己在一泡海中一块仅仅容足的拳石上，浪涛像狮虎似向你身上扑来，你在这完全绝望的境地，你还想不想活命？我又想起康赖特的“大风”，人和自然原质的决门。我又想象我在西伯利亚大雪地，穿着皮囊，手拿牧杖，站在一大群绵羊中间。我想战阵是冒险，恋爱是更大的冒险，死是最大的冒险。我想起耶苏，魔鬼，薇纳司，福贺司德；我想飞出这雨圈，去踏在雨云的背上，看他们工作。我想……半点钟已过，或心海里至少涌起了几万种幻想，但雨还是倒个不住。

又过了足足十分钟，雨势方才收敛。满林的鸟雀都出了家门，使劲的欢呼高唱；此时云彩很别致，东中北三路，还是满布着厚云，并且极低，似乎紧罩在教堂的H形尖阁上，但颜色已从乌黑转入青灰，西南隅的云已经开张了一只大口，从月牙形的云絮背后冲射出一海的明霞，仿佛菩萨背后的万道佛光，这精悍的烈焰，和方才初雨时的电闪一样，直照在教堂和校友居的上权，将一带白玻窗尽数打成纯粹的黄金，教堂颜色玻窗上的反射更为强烈，那些书中人物都像穿扮整齐，在金河里游泳跳舞。妙处尤在这些高宇的后背及顶头，只是一片深青，越显得西天云罅月漏的精神，彩焰奔腾的气象。

未雨之先万象都只是静，现在雨一过，风又敛迹，天上虽在那里变化，地上还是一体的静；就是阵前的静，是空气空实的现象，是严肃的静，这静是大动大变的符号先声，是火山将炸裂前的静；阵后的静不同，空气里的浊质，已经彻底洗净，草青树绿经过了恐怖，重复清新自喜，益发笑容可掬，四周的水气雾意也完全灭迹，这静是清的静，是平静，和悦安舒的静。在这静里，流利的鸟语，益发调新韵切，宛似金匙击玉声，清脆无比。我对此自然从大力里产出的美；从剧变里透出的和谐；从纷乱中转出的恬静；从暴怒中映出的微笑；从迅奋里结成的安间；只觉得胸头塞满——喜悦惊讶，爱好，崇拜，感奋的情绪，满身神经都感受强烈痛快的震撼，两眼火热地蓄泪欲流，声音肢体头随身旁的飞禽歌舞；同时我自顶至踵完全

湿透浸透，方巾上还不住地滴水，假如有人见我，一定疑心我落水，但我那时绝对不觉得体外的冷，只觉得体内高乐的热。（我也没有受寒）

我正注目看西方渐次扫荡满天云帼的太阳，偶然转过身来，不禁失声惊叫。原来从校友居的正中起直到河的左岸，已经筑起一条鲜明五彩的虹桥！

八月六日

（作于一九二二年八月六日，一九二三年七月载《时事新报学灯》）

印度洋上的秋思

昨夜中秋。黄昏时西天挂下一大帘的云母屏，掩住了落日的光潮，将海天一体化成暗蓝色，寂静得如黑衣尼在圣座前默祷。过了一刻，即听得船梢布篷上悉悉索索啜泣起来，低压的云夹着迷蒙的雨色，将海线逼得像湖一般窄，沿边的黑影，也辨认不出是山是云，但涕泪的痕迹，却满布在空中水上。

又是一番秋意！那雨声在急骤之中，有零落萧疏的况味，连着阴沉的气氲，只是在我灵魂的耳畔私语道："秋！"我原来无欢的心境，抵御不住那样温婉的浸润，也就开放了春夏间所积受的秋思，和此时外来的怨艾构合，产出一个弱的婴儿——"愁"。

天色早已沉黑，雨也已休止。但方才啜泣的云，还疏松地幕在天空，只露着些惨白的微光，预告明月已经装束齐整，专等开幕。同时船烟正在莽莽苍苍地吞吐，筑成一座蟒鳞的长桥，直联及西天尽处，和轮船泛出的一流翠波白沫，上下对照，留恋西来的踪迹。

北天云幕豁处，一颗鲜翠的明星，喜孜孜地先来问探消息，像新嫁媳的侍婢，也穿扮得遍体光艳。但新娘依然姗姗未出。

我小的时候，每于中秋夜，呆坐在楼窗外等看"月华"。若然天上有云雾缭绕，我就替"亮晶晶的月亮"担忧。若然见了鱼鳞似的云彩，我的小心就欣欣怡悦，默祷着月儿快些开花，因为我常听人说只要有"瓦楞"云，就有月华；但在月光放彩以前，我母亲早已逼我去上床，所以月华只有我脑筋里一个不曾实现的想象，直到如今。

现在天上砌满了瓦楞云彩，霎时间引起了我早年许多有趣的记忆——但我的纯洁的童心，如今哪里去了！

月光有一种神秘的引力。她能使海波咆哮，她能使悲绪生潮。月下的喟息可以结聚成山，月下的情泪可以培畤百亩的畹兰，千茎的紫琳耿。我疑悲哀是人类先天的遗传，否则，何以我们几年不知悲感的时期，有时对着一泻的清辉，也往往凄心滴泪呢？

但我今夜却不曾流泪。不是无泪可滴，也不是文明教育将我最纯洁的本能锄净，却为是感觉了神圣的悲哀，将我理解的好奇心激动，想学契古特白登来解剖这神秘的"眸冷骨累"。冷的智永远是热的情的死仇。他们不能相容的。

但在这样浪漫的月夜，要来练习冷酷的分析，似乎不近人情！所以我的心机一转，重复将锋快的智力剧起，让沉醉的情泪自然流转，听他产生什么音乐，让绻缱的诗魂漫自低回，看他寻出什么梦境。

明月正在云岩中间，周围有一圈黄色的彩晕，一阵阵的轻霭，在她面前扯过。海上几百道起伏的银沟，一齐在微叱凄其的音节，此外不受清辉的波域，在暗中坟坟涨落，不知是怨是慕。

我一面将自己一部分的情感，看入自然界的现象，一面拿着纸笔，痴望着月彩，想从她明洁的辉光里，看出今夜地面上秋思的痕迹，希冀她们在我心里，凝成高洁情绪的菁华。因为她光明的捷足，今夜遍走天涯，人间的恩怨，哪一件不经过她的慧眼呢？

印度的GANGES（埂奇）河边有一座小村落，村外一个榕绒密绣的湖边，坐着一对情醉的男女，他们中间草地上放着一尊古铜香炉，烧着上品的水息，那温柔婉恋的烟篆，沉馥香浓的热气，便是他们爱感的象征——月光从云端里轻俯下来，在那女子胸前的珠串上，水息的烟尾上，印下一个慈吻，微哂，重复登上她的云艇，上前驶去。

一家别院的楼上，窗帘不曾放下，几枝肥满的桐叶正在玻璃上摇曳斗趣，月光窥见了窗内一张小蚊床上紫纱帐里，安眠着一个安琪儿似的小孩，她轻轻挨进身去，在他温软的眼睫上，嫩桃似的腮上，抚摩了一会。又将她银色的纤指，理齐了他脐圆的额发，霭然微哂着，又回她的云海去了。

一个失望的诗人，坐在河边一块石头上，满面写着幽郁的神情，他爱人的倩影，在他胸中像河水似的流动，他又不能在失望的渣滓里榨出些微甘液，他张开两手，仰着头，让大慈大悲的月光，那时正在过路，洗沐他泪腺湿肿的眼眶，他似乎感觉到清心的安慰，立即摸出一支笔，在白衣襟上写道：

“月光，

你是失望儿的乳娘！”

海面一座柴屋的窗棂里，望得见屋里的内容：一张小桌上放着半块面包和几条冷肉，晚餐的剩余，窗前几上开着一本家用的圣经，炉架上两座点着的烛台，不住地在流泪，旁边坐着一个皱面驼腰的老妇人，两眼半闭不闭地落在伏在她膝上悲泣的一个少妇，她的长裙散在地板上像一只大花蝶。老妇人掉头向窗外望，只见远远海涛起伏，和慈祥的月光在抱拥蜜吻，她叹了声气向着斜照在圣经上的月彩嗫道：

“真绝望了！真绝望了！”

她独自在她精雅的书室里，把灯火一齐熄了，倚在窗口一架藤椅上，月光从东墙肩上斜泻下去，笼住她的全身，在花砖上幻出一个窈窕的倩影，她两根垂辫的发梢，她微澹的媚唇，和庭前几茎高峙的玉兰花，都在静谧的月色中微颤，她加她的呼吸，吐出一股幽香，不但邻近的花草，连月儿闻了，也禁不住迷醉，她腮边天然的妙涡，已有好几月不圆满；她瘦损了。但她在想什么呢？月光，你能否将我的梦魂带去，放在离她三五尺的玉兰花枝上。

威尔斯西境一座矿床附近，有三个工人，口衔着笨重的烟斗，在月光中间坐。他们所能想到的话都已讲完，但这异样的月彩，在他们对面的松林，左首的溪水上，平添了不可言语比说的妩媚，唯有他们工余倦极的眼珠不阖，彼此不约而同今晚较往常多抽了两斗的烟，但他们矿火熏黑、煤块擦黑的面容，表示他们心灵的薄弱，在享乐烟斗以外，虽经秋月溪声的

戟刺，也不能有精美情绪之反感。等月影移西一些，他们默默地扑出了一斗灰，起身进屋，各自登床睡去。月光从屋背飘眼望进去，只见他们都已睡熟；他们即使有梦，也无非矿内矿外的景色！

月光渡过了爱尔兰海峡，爬上海尔佛林的高峰，正对着静默的红潭。潭水凝定得像一大块冰，铁青色。四围斜坦的小峰，全都满铺着蟹青和蛋白色的岩片碎石，一株矮树都没有。沿潭间有些丛草，那全体形势，正像一大青碗，现在满盛了清洁的月辉，静极了，草里不闻虫吟，水里不闻鱼跃；只有石缝里潜涧沥淅之声，继续地作响，仿佛一座大教堂里点着一星小火，益发对照出静穆宁寂的境界，月儿在铁色的潭面上，倦倚了半晌，重复报起她的银泻，过山去了。

昨天船离了新加坡以后，方向从正东改为东北，所以前几天的船梢正对落日，此后“晚霞的工厂”渐渐移到我们船向的左手来了。

昨夜吃过晚饭上甲板的时候，船右一海银波，在犀利之中涵有幽秘的彩色，凄清的表情，引起了我的凝视。那放银光的圆球正挂在你头上，如其起靠着船头仰望。她今夜并不十分鲜艳：她精圆的芳容上似乎轻笼着一层藕灰色的薄纱；轻漾着一种悲喟的音调；轻染着几痕泪化的雾霭。她并不十分鲜艳，然而她素洁温柔的光线中，犹之少女浅蓝妙眼的斜瞟；犹之春阳融解在山巅白云反映的嫩色，含有不可解的迷力，媚态，世间凡具有感觉性的人，只要承沐着她的清辉，就发生也是不可理解的反应，引起隐复的内心境界的紧张——像琴弦一样——人生最微妙的情绪，戟震生命所蕴藏高洁名贵创现的冲动。有时在心理状态之前，或于同时，撼动躯体的组织，使感觉血液中突起冰流之冰流，嗅神经难禁之酸辛，内藏汹涌之跳动，泪腺之骤热与润湿。那就是秋月兴起的秋思——愁。

昨晚的月色就是秋思的泉源，岂止，直是悲哀幽骚悱怨沉郁的象征，是季候运转的伟剧中最神秘亦最自然的一幕，诗艺界最凄凉亦最微妙的一个消息。

今夜月明人尽望，不知秋思在谁家。

中国字形具有一种独一的妩媚，有几个字的结构，我看来纯是艺术家的匠心：这也是我们国粹之尤粹者之一。譬如“秋”字，已经是一个极美的字形；“愁”字更是文字史上有数的杰作；有石开湖晕，风扫松针的妙处，这一群点画的配置，简直经过柯罗的画篆，米佗朗其罗的雕圭 Chopin 的神感；像——用一个科学的比喻——原子的结构，将旋转宇宙的大力收缩成一个无形无踪的电核；这十三笔造成的象征，似乎是宇宙和人生悲惨的现象和经验，吁喟和涕泪，所凝成最纯粹精密的结晶，满充了催迷的秘力，你若然有高蒂闲（Gautier）异超的知感性，定然可以梦到，愁字变形为秋霞黯绿色的通明宝玉，若用银槌轻击之，当吐银色的幽咽电蛇似腾入云天。

我并不是为寻秋意而看月，更不是为觅新愁而访秋月；蓄意沉浸于悲哀的生活，是丹德所不许的。我盖见月而感秋色，因秋窗而拈新愁：人是一簇脆弱而富于反射性的神经！

我重复回到现实的景色，轻裹在云锦之中的秋月，像一个遍体蒙纱的女郎，她那团圆清朗的外貌像新娘，但同时她幂弦的颜色，那是藕灰，她踟躇的行踵，掩泣的痕迹，又使人疑是送丧的丽姝。所以我曾说：

“秋月呀！

我不盼望你团圆。”

这是秋月的特色，不论她是悬在落日残照边的新镰，与“黄昏晓”竞艳的眉钩，中宵斗没西陲的金碗，星云参差间的银床，以至一轮腴满的中秋，不论盈昃高下，总在原来澄爽明秋之中，遍洒着一种我只能称之为“悲哀的轻霭”和“传愁的以太”，即使你原来无愁，见此也禁不得沾染那“灰色的音调”，渐渐兴感起来！

秋月呀！

谁禁得起银指尖儿

浪漫地搔爬呵！

不信但看那一海的轻涛，可不是禁不住她一指的抚摩，在那里低徊饮泣呢！就是那

无聊的云烟，

秋月的美满，

熏暖了飘心冷眼，

也清冷地穿上了轻缟的衣裳，

来参与这

美满的婚姻和丧礼。

十月六日

（作于一九二二年十月六日，发表于一九二二年十二月二十九日《晨报副刊》）

泰山日出

振铎来信要我在小说月报的泰戈尔号上说几句话。我也曾答应了，但这一时游济南游泰山游孔陵，太乐了，一时竟拉不拢心思来做整篇的文字，一直挨到现在期限快到，只得勉强坐下来，把我想得到的话不整齐的写出。

我们在泰山顶上看出太阳。在航过海的人，看太阳从地平线下爬上来，本不是奇事；而且我个人是曾饱饫过江海与印度洋无比的日彩的。但在高山顶上看日出，尤其在泰山顶上；我们无餍的好奇心，当然盼望一种特异的境界，与平原或海上不同的。果然，我们初起时，天还暗沉沉的，西方是一片的铁青，东方些微有些白意，宇宙只是——如用旧词形容——一体莽莽苍苍的。但这是我一面感觉劲烈的晓寒，一面睡眼不曾十分醒豁时约略的印象。等到留心回览时，我不由得大声的狂叫——因为眼前只是一个见所未见的境界。原来昨夜整夜暴风的工程，却砌成一座普遍的云海。除了日观峰与我们所在的玉皇顶以外，东西南北只是平铺着弥漫的云气。在朝旭未露前，宛似无量数厚毳长绒的绵羊，交颈接背的眠着，卷耳与弯角都依稀辨认得出。那时候在这茫茫的云海中，我独自站在雾霭溟蒙的小岛上，发生了奇异的幻想——

我躯体无限的长大，脚下的山峦比例我的身量，只是一块拳石；这巨人披着散发，长发在风里像一面黑色的大旗，飒飒的在飘荡。这巨人竖立在大地的顶尖上，仰面向着东方，平拓着一双长臂，在盼望，在迎接，在催促，在默默的叫唤；在崇拜，在祈祷，在流泪——在流久慕未见而将见悲喜交互的热泪……

这泪不是空流的，这默祷不是不生显应的。

巨人的手，指向着东方——

东方有的，在展露的，是什么？

东方有的是瑰丽荣华的色彩，东方有的是伟大普照的光明——出现了，到了，在这里了……

玫瑰汁，葡萄浆，紫荆液，玛瑙精，霜枫叶——大量的染工，在层累的云底工作，无数蜿蜒的鱼龙，爬进了苍白色的云堆。

一方的异彩，揭去了满天的睡意，唤醒了四隅的明霞——光明的神驹，在热奋地驰骋。

云海也活了；眠熟了兽形的涛澜，又回复了伟大的呼啸，昂头摇尾的向着我们朝露染青馒形的小岛冲洗，激起了四岸的水沫浪花，震荡着这生命的浮礁，似在报告光明与欢欣之临在……

再看东方——海句力士已经扫荡了他的阻碍，雀屏似的金霞，从无垠的肩上产生，展开在大地的边沿。起……起……用力，用力，纯焰的圆颅，一探再探的跃出了地平，翻登了云背，临照在天空……

歌唱呀，赞美呀，这是东方之复活，这是光明的胜利……

散发祷祝的巨人，他的身彩横亘在无边的云海上，已经渐渐的消翳在普遍的欢欣里；现在他雄浑的颂美的歌声，也已在霞彩变幻中，普彻了四方八隅……

听呀，这普彻的欢声；看呀，这普照的光明！

这是我此时回忆泰山日出时的幻想，亦是我想望泰戈尔来华的颂词。

（选自一九二三年九月《小说月报》）

翡冷翠[1]山居闲话

在这里出门散步去，上山或是下山，在一个晴好的五月的向晚，正像是去赴一个美的宴会，比如去一果子园，那边每株树上都是满挂着诗情最秀逸的果实，假如你单是站着看还不满意时，只要你一伸手就可以采取，可以恣尝鲜味，足够你性灵的迷醉。阳光正好暖和，决不过暖，风息是温驯的，而且往往因为他是从繁花的山林里吹度过来，他带一股幽远的淡香，连着一息滋润的水气，摩挲着你的颜面，轻绕着你的肩腰，就这单纯的呼吸已是无穷的愉快；空气总是明净的，近谷内不生烟，远山上不起霭，那美秀风景的全部正像画片似的展露在你的眼前，供你闲暇的鉴赏。

作客山中的妙处，尤在你永不须踌躇你的服色与体态；你不妨摇曳着一头的蓬草，不妨纵容你满腮的苔藓；你爱穿什么就穿什么；扮一个牧童，扮一个渔翁，装一个农夫，装一个走江湖的杰卜闪，装一个猎户；你再不必提心整理你的领结，你尽可以不用领结，给你的颈根与胸膛一半日的自由，你可以拿一条这边艳色的长巾包在你的头上，学一个太平军的头目，或是拜伦那埃及装的姿态，但最要紧的是穿上你最旧的旧鞋，别管他模样不佳，他们是顶可爱的好友，他们承着你的体重却不叫你记起你还有一双脚在你的底下。

这样的玩顶好是不要约伴，我竟想严格的取缔，只许你独身；因为有了伴多少总得叫你分心，尤其是年轻的女伴，那是最危险最专制不过的旅伴。你应得躲避她像你躲避青草里一条美丽的花蛇！平常我们从自己家里

---

① 意大利中部城市 Firenze 的音译，现译佛罗伦萨，是欧洲重要的旅游城市。

走到朋友的家里，或是我们执事的地方，那无非是在同一个大牢里从一间狱室移到另一间狱室去，拘束永远跟着我们，自由永远寻不到我们；但在这春夏间美秀的山中或乡间你要是有机会独身逛时，那才是你福星高照的时候，那才是你实际领受，亲口尝味，自由与自在的时候，那才是你肉体与灵魂行动一致的时候；朋友们，我们多长一岁年纪往往只是加重我们头上的枷，加紧我们脚胫上的练，我们见小孩子在草里在沙堆里在浅水里打滚作乐，或是看见小猫追他自己的尾巴，何尝没有羡慕的时候，但我们的枷，我们的练永远是制定我们行动的上司！所以只有你单身奔赴大自然的怀抱时，像一个裸体的小孩扑入他母亲的怀抱时，你才知道灵魂的愉快是怎样的，单是活着的快乐是怎样的，单就呼吸单就走道单就张眼看耸耳听的幸福是怎样的。因此你得严格的为己，极端的自私，只许你，体魄与性灵，与自然同在一个脉搏里跳动，同在一个音波里起伏，同在一个神奇的宇宙里自得。我们浑朴的天真是像含羞草似的娇柔，一经同伴的抵触，他就卷了起来，但在澄静的日光下，和风中，他的姿态是自然的，他的生活是无碍的。

你一个人漫游的时候，你就会在青草里坐地仰卧，甚至有时打滚，因为草的和暖的颜色自然的唤起你童稚的活泼；在静僻的道上你就会不自主的狂舞，看着你自己的身影幻出种种诡异的变相，因为道旁树木的阴影在他们于徐的婆娑里暗示你舞蹈的快乐；你也会得信口的歌唱，偶尔记起断片的音调，与你自己随口的小曲，因为树林中的莺燕告诉你春光是应得赞美的；更不必说你的胸襟自然会跟着曼长的山径开拓，你的心地会看着澄蓝的天空静定，你的思想和着山壑间的水声，山罅里的泉响，有时一澄到底的清澈，有时激起成章的波动，流，流，流入凉爽的橄榄林中，流入妩媚的阿诺河去……

并且你不但不须应伴，每逢这样的游行，你也不必带书。书是理想的伴侣，但你应得带书，是在火车上，在你住处的客室里，不是在你独身漫步的时候。什么伟大的、深沉的、鼓舞的、清明的、优美的思想的根源不是可以在风籁中，云彩里，山势与地形的起伏里，花草的颜色与香息里寻得？自然是最伟大的一部书，歌德说，在他每一页的字句里我们读得最深奥的消息。并且这书上的文字是人人懂得的；阿尔帕斯与五老峰，雪西里与普陀山，莱因河与扬子江，梨梦湖与西子湖，建兰与琼花，杭州西溪的芦雪与威尼市夕照的红潮，百灵与夜莺，更不提一般黄的黄麦，一般紫的紫藤，一般青的青草同在大地上生长，同在和风中波动——他们应用的符号是永远一致的，他们的意义是永远明显的，只要你自己性灵上不长疮瘢，眼不盲，耳不塞，这无形迹的最高等教育便永远是你的名分，这不取费的最珍贵的补剂便永远供你的受用；只要你认识了这一部书，你在这世界上寂寞时便不寂寞，穷困时不穷困，苦恼时有安慰，挫折时有鼓励，软弱时有督责，迷失时有南针。

十四年七月

（写于一九二五年七月，选自《巴黎的鳞爪》）

巴黎的鳞爪

咳巴黎！到过巴黎的一定不会再希罕天堂；尝过巴黎的，老实说，连地狱都不想去了。整个的巴黎就像是一床野鸭绒的垫褥，衬得你通体舒泰，硬骨头都给薰酥了的——有时许太热一些。那也不碍事，只要你受得住。赞美是多余的，正如赞美天堂是多余的；咒诅也是多余的，正如咒诅地狱是多余的。巴黎，软绵绵的巴黎，只在你临别的时候轻轻地嘱咐一声“别忘了，再来！”其实连这都是多余的。谁不想再去？谁忘得了？

香草在你的脚下，春风在你的脸上，微笑在你的周遭。不拘束你，不责备你，不督饬你，不窘你，不恼你，不揉你。它搂着你，可不缚住你：是一条温存的臂膀，不是根绳子。它不是不让你跑，但它那招逗的指尖却永远在你的记忆里晃着。多轻盈的步履，罗袜的丝光随时可以沾上你记忆的颜色！

但巴黎却不是单调的喜剧。赛因河的柔波里掩映着罗浮宫的倩影，它也收藏着不少失意人最后的呼吸。流着，温驯的水波；流着，缠绵的恩怨。咖啡馆：和着交颈的软语，开怀的笑响，有踞坐在屋隅里蓬头少年计较自毁的哀思。跳舞场：和着翻飞的乐调，迷醇的酒香，有独自支颐的少妇思量着往迹的怆心。浮动在上一层的许是光明，是欢畅，是快乐，是甜蜜，是和谐；但沉淀在底里阳光照不到的才是人事经验的本质：说重一点是悲哀，说轻一点是惆怅：谁不愿意永远在轻快的流波里漾着，可得留神了你往深处去时的发现！

一天一个从巴黎来的朋友找我闲谈，谈起了劲，茶也没喝，烟也没吸，一直从黄昏谈到天亮，才各自上床去躺了一歇，我一合眼就回到了巴黎，方才朋友讲的情境惝恍的把我自己也缠了进去；这巴黎的梦真醇人，醇你的心，醇你的意志，醇你的四肢百体，那味儿除是亲尝过的谁能想象！——我醒过来时还是迷糊的忘了我在那儿，刚巧一个小朋友进房来站在我的床前笑吟吟喊我："你做什么梦来了，朋友，为什么两眼潮潮的像哭似的?"我伸手一摸，果然眼里有水，不觉也失笑了——可是朝来的梦，一个诗人说的，同是这悲凉滋味，正不知这泪是为那一个梦流的呢！

下面写下的不成文章，不是小说，不是写实，也不是写梦，——在我写的人只当是随口曲，南边人说的"出门不认货"，随你们宽容的读者们怎样看罢。

出门人也不能太小心了，走道总得带些探险的意味。生活的趣味大半就在不预期的发现，要是所有的明天全是今天刻板的化身，那我们活什么来了？正如小孩子上山就得采花，到海也就得捡贝壳，书呆子进图书馆想捞新智慧——出门人到了巴黎就想……你的批评也不能过分严正不是？少年老成——什么话！老成是老年人的特权，也是他们的本分；说来也不是他们甘愿，他们是到了年纪不得不。少年人如何能老成？老成了才是怪哪！

放宽一点说，人生只是个机缘巧合；别瞧日常生活河水似的流得平顺，它那里面多的是潜流，多的是漩涡——轮着的时候谁躲得了给卷了进去？那就是你发愁的时候，是你登仙的时候，是你辨着酸的时候，是你尝着甜的时候。

巴黎也不定比别的地方怎样不同：不同就在那边生活流波里的潜流更猛，漩涡更急，因此你叫给卷进去的机会也就更多。

我赶快得声明我是没有叫巴黎的漩涡给淹了去——虽则也就够险。多半的时候我只是站在赛因河岸边看热闹，下水去的时候也不能说没有，但至多也不过在靠岸清浅处溜着，从没敢往深处跑——这来漩涡的纹螺，势道，力量，可比远在岸上时认清楚多了。

九小时的萍水缘

我忘不了她。她是在人生的急流里转着的一张萍叶，我见着了它，掬在手里把玩了一晌，依旧交还给它的命运，任它飘流去——它以前的飘泊我不曾见来，它以后的飘泊，我也见不着，但就这曾经相识匆匆的恩缘——实际上我与她相处不过九小时——已在我的心泥上印下踪迹，我如何能忘，在忆起时如何能不感须臾的惆怅？

那天我坐在那热闹的饭店里瞥眼看着她，她独坐在灯光最暗漆的屋角里，这屋内那一个男子不带媚态，那一个女子的胭脂口上不沾笑容，就只她：穿一身淡素衣裳，戴一顶宽边的黑帽，在鬑密的睫毛上隐隐闪亮着深思的目光——我几乎疑心她是修道院的女僧偶尔到红尘里随喜来了。我不能不接着注意她，她的别样的支颐的倦态，她的曼长的手指，她的落漠的神情，有意无意间的叹息，都在激发我的好奇——虽则我那时左边已经坐下了一个瘦的，右边来了肥的，四条光滑的手臂不住的在我面前晃着酒杯。但更使我奇异的是她不等跳舞开始就匆匆的出去了，好像害怕或是厌恶似的。第一晚这样，第二晚又是这样：独自默默的坐着，到时候又匆匆的离去。到了第三晚她再来的时候我再也忍不住不想法接近她。第一次得着的回音，虽则是“多谢好意，我再不愿交友”的一个拒绝，只是加深了我的同情的好奇。我再不能放过她。巴黎的好处就在处处近人情；爱慕的自由是永远容许的。你见谁爱慕谁想接近谁，决不是犯罪，除非你在经程中泄漏了你的粗气暴气，陋相或是贫相，那不是文明的巴黎人所能容忍的。只要你“识相”，上海人说的，什么可能的机会你都可以利用。对方人理你不理你，当然又是一回事；但只要你的步骤对，文明的巴黎人决不让你难堪。

我不能放过她，第二次我大胆写了个字条付中间人——店主人——交去。我心里直怔怔的怕讨没趣。可是回话来了——她就走了，你跟着去吧。

她果然在饭店门口等着我。

你为什么一定要找我说话，先生，像我这再不愿意有朋友的人？

她张着大眼看我，口唇微微的颤着。

我的冒昧是不望恕的，但是我看了你忧郁的神情我足足难受了三天，也不知怎的我就想接近你，和你谈一次话，如其你许我，那就是我的想望，再没有别的意思。

真的她那眼内绽出了泪来，我话还没说完。

想不到我的心事又叫一个异邦人看透了……她声音都哑了。

我们在路灯的灯光下默默的互注了一晌，并着肩沿马路走去，走不到多远她说不能走，我就问了她的允许雇车坐上，直望波龙尼大林园清凉的暑夜兜儿去。

原来如此，难怪你听了跳舞的音乐像是厌恶似的，但既然不愿意何以每晚还去？

那是我的感情作用；我有些舍不得不去，我在巴黎一天，那是我最初遇见——他的地方，但那时候的我……可是你真的同情我的际遇吗，先生？我快有两个月不开口了，不瞒你说，今晚见了你我再也不能自制，我爽性说给你我的生平的始末吧，只要你不嫌。我们还是回那饭庄去吧。

你不是厌烦跳舞的音乐吗？

她初次笑了。多齐整洁白的牙齿，在道上的幽光里亮着！有了你我的生气就回复了不少，我还怕什么音乐？

我们俩重进饭庄去选一个犄角坐下，喝完了两瓶香槟，从十一时舞影最凌乱时谈起，直到早三时客人散尽侍役打扫屋子时才起身走，我在她的可怜身世的演述中遗忘了一切，当前的歌舞再不能分我丝毫的注意。

下面是她的自述。

我是在巴黎生长的。我从小就爱读天方夜谭的故事，以及当代描写东方的文学；啊东方，我的童真的梦魂那一刻不在它的玫瑰园中留恋？十四岁那年我的姊姊带我上北京去住，她在那边开一个时式的帽铺，有一天我看见一个小身材的中国人来买帽子，我就觉着奇怪，一来他长得异样的清秀，二来他为什么要来买那样时式的女帽；到了下午一个女太太拿了方才买去的帽子来换了，我姊姊就问她那中国人是谁，她说是她的丈夫，说开了头她就讲她当初怎样爱他触怒了自己的父母，结果断绝了家庭和他结婚，但她一点不追悔因为她的中国丈夫待她怎样好法，她不信西方人会得像他那样体贴，那样温存。我再也忘不了她说话时满心怡悦的笑容。从此我仰慕东方的私衷添深了一层颜色。

我再回巴黎的时候已经长大了，我父亲是最宠爱我的，我要什么他就给我什么。我那时就爱跳舞，啊，那些迷醉轻易的时光，巴黎那一处舞场上不见我的舞影。我的妙龄，我的颜色，我的体态，我的聪慧，尤其是我那媚人的大眼——啊，如今你见的只是悲惨的余生再不留当时的丰韵——制定了我初期的堕落。我说堕落不是？是的，堕落，人生那处不是堕落，这社会那里容得一个有姿色的女人保全她的清洁？我正快走入险路的时候，我那慈爱的老父早已看出我的倾向，私下安排了一个机会，叫我与一个有爵位的英国人接近。一个十七岁的女子那有什么主意，在两个月内我就做了新娘。

说起那四年结婚的生活，我也不应得过分的抱怨，但我们欧洲的势利的社会实在是树心里生了蠹，我怕再没有回复健康的希望。我到伦敦去做贵妇人时我还是个天真的孩子，那有什么机心，那懂得虚伪的卑鄙的人间的底里，我又是个外国人，到处遭受嫉忌与批评。还有我那叫名的丈夫。他娶我究竟为什么动机我始终不明白，许贪我年轻，贪我貌美，带回家去广告他自己的手段，因为真的我不曾感着他一息的真情；新婚不到几时他就对我冷淡了，其实他就没有热过，碰巧我是个傻孩子，一天不听着一半句软语，不受些温柔的怜惜，到晚上我就不自制的悲伤。他有的是钱，有的是趋奉谄媚，成天在外打猎作乐，我愁了不来慰我，我病了不来问我，连着三年抑郁的生涯完全消减了我原来活泼快乐的天机，到第四年实在耽不住了，我与他吵一场回巴黎再见我父亲的时候，他几乎不认识我了。我自此就永别了我的英国丈夫。因为虽则实际的离婚手续在他方面到前年方始办理，他从我走了后也就不再来顾问我——这算是欧洲人夫妻的情分！

我从伦敦回到巴黎，就比久困的雀儿重复飞回了林中，眼内又有了笑，脸上又添了春色，不但身体好多，就连童年时的种种想望又在我心头活了回来。三四年结婚的经验更叫我厌恶西欧，更叫我神往东方。啊浪漫的多情的东方！我心里常常的怀念着。有一晚，那一个运定的晚上，我就在这屋子内见着了他，与今晚一样的歌声，一样的舞影，想起还不就是昨天，多飞快的光阴，就可怜我一个单薄的女子，无端叫运神摆布，在情网里颠连，在经验的苦海里沉沦，朋友，我自分是已经埋葬了的活人，你何苦又来逼着我把往事掘起，我的话是简短的，但我身受的苦恼，朋友，你信我，是不可量的；你望我的眼里看，凭着你的同情你可以在刹那间领会我灵魂的真际！

他是菲律宾人，也不知怎的我初见面就迷了他。他肤色是深黄的，但他的性情是不可信的温柔；他身材是短的，但他的私语有多叫人魂销的魔力？啊，我到如今还不能怨他；我爱他太深，我爱他太真，我如何能一刻忘他，虽则他到后来也是一样的薄情，一样的冷酷。你不倦么，朋友，等我讲给你听？

我自从认识了他我便倾注给他我满怀的柔情，我想他，那负心的他，也够他的享受，那三个月神仙似的生活！我们差不多每晚在此聚会的。秘谈是他与我，欢舞是他与我，人间再有更甜美的经验吗？朋友你知道痴心

人赤心爱恋的疯狂吗？因为不仅满足了我私心的想望，我十多年梦魂缭绕的东方理想的实现。有他我什么都有了，此外我更有什么沾恋？因此等到我家里为这事情与我开始交涉的时候，我更不踌躇的与我生身的父母根本决绝。我此时又想起了我垂髫时在北京见着的那个嫁中国人的女子，她与我一样也为了痴情牺牲一切，我只希冀她这时还能保持着她那纯爱的生活，不比我这失运人成天在幻灭的辛辣中回味。

我爱定了他。他是在巴黎求学的，不是贵族，也不是富人，那更使我放心，因为我早年的经验使我迷信真爱情是穷人才能供给的。谁知他骗了我——他家里也是有钱的，那时我在热恋中抛弃了家，牺牲了名誉，跟了这黄脸人离却巴黎，辞别欧洲，经过一个月的海程，我就到了我理想的灿烂的东方。啊我那时的希望与快乐！但才出了红海，他就上了心事，经我再三的逼，他才告诉他家里的实情，他父亲是菲律宾最有钱的土著，性情是极严厉的，他怕轻易不能收受她进他们的家庭。我真不愿意把此后可怜的身世烦你的听，朋友，但那才是我痴心人的结果，你耐心听着罢！

东方，东方才是我的烦恼！我这回投进了一个更陌生的社会，呼吸更沉闷的空气；他们自己中间也许有他们温软的人情，但轮着我的却一样还只是猜忌与讥刻，更不容情的刺袭我的孤独的性灵。果然他的家庭不容我进门，把我看作一个“巴黎淌来的可疑的妇人”。我为爱他也不知忍受了多少不可忍的侮辱，吞了多少悲泪，但我自慰的是他对我不变的恩情。因为在初到的一时他还是不时来慰我——我独自赁屋住着。但慢慢的也不知是人言浸润还是他原来爱我不深，他竟然表示割绝我的意思。朋友，试想我这孤身女子牺牲了一切为的还不是他的爱，如今连他都离了我，那我更有什么生机？我怎的始终不曾自毁，我至今还不信，因为我那时真的是没路走了。我又没有钱，他狠心丢了我，我如何能再去缠他，这也许是我们白种人的倔强，我不久便揩干了眼泪，出门去自寻活路。我在一个菲美合种人的家里寻得了一个保姆的职务；天幸我生性是耐烦领小孩的——我在伦敦的日子没孩子管我就养猫弄狗——救活我的是那三五个活灵的孩子，黑头发短手指的乖乖。在那炎热的岛上我是过了两年没颜色的生活，得了一次凶险的热病，从此我面上再不存青年期的光彩。我的心境正稍稍回复平衡的时候两件不幸的事情又临着了我；一件是我那他与另一女子的结婚，这消息使我昏绝了过去；一件是被我弃绝的慈父也不知怎的问得了我的踪迹，来电说他老病快死要我回去。啊天罚我！等我赶回巴黎的时候正好赶着与老人诀别，忏悔我先前的造孽！

从此我在人间还有什么意趣？我只是个实体的鬼影，活动的尸体；我的心早就死了，再也不起波澜；在初次失望的时候我想象中还有个辽远的东方，但如今东方只在我的心上留下一个鲜明的新伤，我更有什么希冀，更有什么心情？但我每晚还是不自主的到这饭店里来小坐，正如死去的鬼魂忘不了他的老家！我这一生的经验本不想再向人前吐露的，谁知又碰着了你，苦苦的追着我，逼我再一度撩拨死尽的火灰，这来你够明白了，为什么我老是这落漠的神情，我猜你也是过路的客人，我深深自幸又接近一次人情的温慰，但我不敢希望什么，我的心是死定了的，时候也不早了，你看方才舞影凌乱的地板上现在只剩一片冷淡的灯光，侍役们已经收拾干净，我们也该走了，再会吧，多情的朋友！

（一九二五年十二月二十日作完，初载于同年十二月十六日、十七日、二十四日《晨报副刊》）

我所知道的康桥

一

我这一生的周折，大都寻得出感情的线索。不论别的，单说求学。我到英国是为要从罗素。罗素来中国时，我已经在美国。他那不确的死耗传到的时候，我真的出眼泪不够，还做悼诗来了。他没有死，我自然高兴。我摆脱了哥伦比亚大博士衔的引诱，买船票过大西洋，想跟这位二十世纪的福禄泰尔①认真念一点书去。谁知一到英国才知道事情变样了：一为他在战时主张和平，二为他离婚，罗素叫康桥给除名了，他原来是 Trinity College② 的 Fellow，这来他的 Fellowship 也给取消了。他回英国后就在伦敦住下，夫妻两人卖文字过日子。因此我也不曾遂我从学的始愿。我在伦敦政治经济学院里混了半年，正感着闷想换路走的时候，我认识了狄更生先生。狄更生——Galsworthy Lowes Dickinson——是一个有名的作者，他的《一个中国人通信》（Letters From John Chinaman）与《一个现代聚餐谈话》（A Modern Symposium）两本小册子早得了我的景仰。我第一次会着他是在伦敦国际联盟协会席上，那天林宗孟先生演说，他做主席；第二次是宗孟寓里吃茶，有他。以后我常到他家里去。他看出我的烦闷，劝我到康桥去，他自己是王家学院（Kings College）的 Fellow。我就写信去问两个学院，回

---

① Voltaire（今译伏尔泰），十八世纪法国资产阶级启蒙思想家、哲学家。

② 英语：三清学院。

信都说学额早满了，随后还是狄更生先生替我去在他的学院里说好了，给我一个特别生的资格，随意选科听讲。从此黑方巾黑披袍的风光也被我占着了。初起我在离康桥六英里的乡下叫沙士顿地方租了几间小屋住下，同居的有我从前的夫人张幼仪女士与郭虞裳君。每天一早我坐街车（有时自行车）上学，到晚回家。这样的生活过了一个春，但我在康桥还只是个陌生人，谁都不认识，康桥的生活，可以说完全不曾尝着，我知道的只是一个图书馆，几个课室和三两个吃便宜饭的茶食铺子。狄更生常在伦敦或是大陆上，所以人也不常见他。那年的秋季我一个人回到康桥，整整有一学年，那时我才有机会接近真正的康桥生活，同时我也慢慢的“发见”了康桥。我不曾知道过更大的愉快。

二

“单独”是一个耐寻味的现象。我有时想它是任何发见的第一个条件。你要发见你的朋友的“真”，你得有与他单独的机会。你要发见你自己的真，你得给你自己一个单独的机会。你要发见一个地方（地方一样有灵性），你也得有单独玩的机会。我们这一辈子，认真说，能认识几个人？能认识几个地方？我们都是太匆忙，太没有单独的机会。说实话，我连我的本乡都没有什么了解。康桥我要算是有相当交情的，再次许只有新认识的翡冷翠了。啊，那些清晨，那些黄昏，我一个人发痴似的在康桥！绝对的单独。

但一个人要写他最心爱的对象，不论是人是地，是多么使他为难的一个工作？你怕，你怕描坏了它，你怕说过分了恼了他，你怕说太谨慎了辜负了它。我现在想写康桥，也正是这样的心理，我不曾写，我就知道这回是写不好的——况且又是临时逼出来的事情。但我却不能不写，上期预告已经出去了。我想勉强分两节写，一是我所知道的康桥的天然景色，一是我所知道的康桥的学生生活。我今晚只能极简的写些，等以后有兴会时再补。

三

康桥的灵性全在一条河上；康河，我敢说，是全世界最秀丽的一条水。河的名字是葛兰大（Granta），也有叫康河（River Cam）的，许有上下流的区别，我不甚清楚。河身多的是曲折，上游是有名的拜伦潭——“Byron's Pool”——当年拜伦常在那里玩的；有一个老村子叫格兰骞斯德，有一个果子园，你可以躺在累累的桃李树荫下吃茶，花果会掉入你的茶杯，小雀子会到你桌上来啄食，那真是别有一番天地。这是上游；下游是从骞斯德顿下去，河面展开，那是春夏间竞舟的场所。上下河分界处有一个坝筑，水流急得很，在星光下听水声，听近村晚钟声，听河畔倦牛刍草声，是我康桥经验中最神秘的一种：大自然的优美，宁静，调谐在这星光与波光的默契中不期然的淹入了你的性灵。

但康河的精华是在它的中权，著名的“Backs”，这两岸是几个最蜚声的学院的建筑。从上面下来是 Pembroke，St · Katharine's，King's，Clare，Trinity，St. John's，最令人留连的一节是克莱亚与王家学院的毗连处，克莱亚的秀丽紧邻着王家教堂（King's Chapel）的宏伟。别的地方尽有更美更庄严的建筑，例如巴黎赛因河的罗浮宫一带，威尼斯的利阿尔多大桥的两岸，翡冷翠维基乌大桥的周遭；但康桥的“Backs”自有它的特长，这不容易用一二个状词来概括，它那脱尽尘埃气的一种清澈秀逸的意境可说是超出了画图而化生了音乐的神味。再没有比这一群建筑更调谐更匀称的了！论画，可比的许只有柯罗（Corot）① 的田野；论音乐，可比的许只有萧班（Chopin）② 的夜曲。就这也不能给你依稀的印象，它给你的美感简直是神灵性的一种。

假如你站在王家学院桥边的那棵大榭树荫下眺望，右侧面隔着一大方

① 十九世纪法国画家。

② 十九世纪波兰作曲家、钢琴家。

浅草坪，是我们的校友居（Fellows Building），那年代并不早，但它的妩媚也是不可掩的，它那苍白的石壁上春夏间满缀着艳色的蔷薇在和风中摇颤，更移左是那教堂，森林似的尖阁不可浼的永远直指着天空；更左是克莱亚。啊！那不可信的玲珑的方庭，谁说这不是圣克莱亚（St，Clare）的化身。哪一块石上不闪耀着她当年圣洁的精神？在克莱亚后背隐约可辨的是康桥最潢贵最骄纵的三清学院（Trinity），它那临河的图书楼上坐镇着拜伦神采惊人的雕像。

但这时你的注意早已叫克莱亚的三环洞桥魔术似的摄住。你见过西湖白堤上的西冷断桥不是（可怜它们早已叫代表近代丑恶精神的汽车公司给踩平了，现在它们跟着苍凉的雷峰永远辞别了人间）？你忘不了那桥上斑驳的苍苔，木栅的古色，与那桥拱下泄露的湖光与山色不是？克莱亚并没有那样体面的衬托，它也不比庐山栖贤寺旁的观音桥，上瞰五老的奇峰，下临深潭与飞瀑；它只是怯怜怜的一座三环洞的小桥，它那桥洞间也只掩映着细纹的波鳞与婆娑的树影，它那桥上栉比的小穿阑与阑节顶上双双的白石球，也只是村姑子头上不夸张的香草与野花一类的装饰；但你凝神的看着，更凝神的看着，你再反省你的心境，看还有一丝屑的俗念沾滞不？只要你审美的本能不曾汩灭时，这是你的机会实现纯粹美感的神奇！

但你还得选你赏鉴的时辰。英国的天时与气候是走极端的，冬天是荒谬的坏，逢着连绵的雾盲天你一定不迟疑的甘愿进地狱本身去试试；春天（英国是几乎没有夏天的）是更荒谬的可爱，尤其是它那四五月间最渐暖最艳丽的黄昏，那才真是寸寸黄金。在康河边上过一个黄昏是一服灵魂的补剂。啊！我那时蜜甜的单独，那时蜜甜的闲暇。一晚又一晚的，只见我出神似的倚在桥阑上向西天凝望：——

看一回凝静的桥影，

数一数螺细的波纹；

我倚暖了石阑的青苔，

青苔凉透了我的心坎；……

还有几句更笨重的怎能仿佛那游丝似轻妙的情景：

难忘七月的黄昏，远树凝寂，

像墨泼的山形，付出轻柔暝色：

密稠稠，七分鹅黄，三分橘绿，

那妙意只可去秋梦边缘捕捉；……

四

这河身的两岸都是四季常青最葱翠的草坪。从校友居的楼上望去，对岸草场上，不论早晚，永远有十数匹黄牛与白马，胫蹄没在恣蔓的草丛中，从容的在咬嚼，星星的黄花在风中动荡，应和着它们尾鬃的扫拂。桥的两端有斜倚的垂柳与掬荫护住。水是澈底的清澄，深不足四尺，匀匀的长着长条的水草。这岸边的草坪又是我的爱宠，在清朝，在傍晚，我常去这天然的织锦上坐地，有时读书，有时看水；有时仰卧着看天空的行云，有时反仆着搂抱大地的温软。

但河上的风流远不止两岸的秀丽。你得买船去玩，船不止一种：有普通的双桨划船，有轻快的薄皮舟（Cance），有最别致的长形撑篙船（Punt）。最末的一种是别处不常有的：约莫有二丈长，三尺宽，你站直在船梢上用长竿撑着走的。这撑是一种技术。我手脚太蠢，始终不曾学会。你初起手尝试时，容易把船身横住在河中，东颠西撞的狼狈。英国人是不轻易开口笑人的，但是小心他们不出声的皱眉！也不知有多少次河中本来优闲的秩序叫我这莽撞的外行给捣乱了。我真的始终不曾学会；每回我不服输跑去租船再试的时候，有一个白胡子的船家往往带讥讽的对我说："先生，这撑船费劲，天热累人，还是拿个薄皮舟溜溜吧！"我哪里肯听话，长篙子一点就把船撑了开去，结果还是把河身一段段的腰斩了去！

站在桥上去看人家撑，那多不费劲，多美！尤其在礼拜天有几个专家的女郎，穿一身缟素衣服，裙裾在风前悠悠的飘着，戴一顶宽边的薄纱帽，帽影在水草间颤动，你看她们出桥洞时的姿态，揪起一根竟像没分量的长竿，只轻轻的，不经心的往波心里一点，身子微微的一蹲，这船身便波的转出了桥影，翠条鱼似的向前滑了去。她们那敏捷，那闲暇，那轻盈，真是值得歌咏的。

在初夏阳光渐暖时你去买一支小船，划去桥边荫下躺着念你的书或是做你的梦，槐花香在水面上飘浮，鱼群的唼喋声在你的耳边挑逗。或是在初秋的黄昏，迎着新月的寒光，望上流僻静处远去。爱热闹的少年们携着他们的女友，在船沿上支着双双的东洋彩纸灯，带着话匣子，船心里用软垫铺着，也开向无人迹处去享他们的野福——谁不爱听那水底翻的音乐在静定的河上描写梦意与春光！

住惯城市的人不易知道季候的变迁。看见叶子掉知道是秋，看见叶子绿知道是春；天冷了装炉子，天热了拆炉子；脱下棉袍，换上夹袍，脱下夹袍，穿上单袍：不过如此罢了。天上星斗的消息，地下泥土里的消息，空中风吹的消息，都不关我们的事。忙着哪，这样那样事情多着，谁耐烦管星星的移转，花草的消长，风云的变幻？同时我们抱怨我们的生活，苦痛，烦闷，拘束，枯燥，谁肯承认做人是快乐？谁不多少间咒诅人生？

但不满意的生活大都是由于自取的。我是一个生命的信仰者，我信生活决不是我们大多数人仅仅从自身经验推得的那样暗惨。我们的病根是在"忘本"。人是自然的产儿，就比枝头的花与鸟儿是自然的产儿；但我们不幸是文明人，入世深似一天，离自然远似一天。离开了泥土的花草，离开了水的鱼，能快活吗？能生存吗？从大自然，我们取得我们的生命；从大自然，我们应分取得我们继续的滋养。哪一株婆娑的大木没有盘错的根柢

深入在无尽藏的地里？我们是永远不能独立的。有幸福是永远不离母亲抚育的孩子，有健康是永远接近自然的人们。不必一定与鹿豕游，不必一定回“洞府”去；为医治我们当前生活的枯窘，只要“不完全遗忘自然”，一张轻淡的药方，我们的病象就有缓和的希望。在青草里打几个滚，到海水里洗几次浴，到高处去看几次朝霞与晚照——你肩背上的负担就会轻松了去的。

这是极肤浅的道理，当然。但我要没有过过康桥的日子，我就不会有这样的自信。我这一辈子就只那一春，说也可怜，算是不曾虚度。就只那一春，我的生活是自然的，是真愉快的！（虽则碰巧那也是我最感受人生痛苦的时期。）我那时有的是闲暇，有的是自由，有的是绝对单独的机会。说也奇怪，竟像是第一次，我辨认了星月的光明，草的青，花的香，流水的殷勤。我能忘记那初春的睥睨吗？曾经有多少个清晨我独自冒着冷去薄霜铺地的林子里闲步——为听鸟语，为盼朝阳，为寻泥土里渐次苏醒的花草，为体会最微细最神妙的春信。啊，那是新来的画眉在那边凋不尽的青枝上试它的新声！啊，这是第一朵小雪球花挣出了半冻的地面！啊，这不是新来的潮润沾上了寂寞的柳条？

静极了，这朝来水溶溶的大道，只远处牛奶车的铃声，点缀这周遭的沉默。顺着这大道走去，走到尽头，再转入林子里的小径，往烟雾浓密处走去，头顶是交枝的榆荫，透露着漠楞楞的曙色；再往前走去，走尽这林子，当前是平坦的原野，望见了村舍，初青的麦田，更远三两个馒形的小山掩住了一条通道。天边是雾茫茫的，尖尖的黑影是近村的教寺。听，那晓钟和缓的清音。这一带是此邦中部的平原，地形像是海里的轻波，默沉沉的起伏；山岭是望不见的，有的是常青的草原与沃腴的田壤。登那土阜上望去，康桥只是一带茂林，拥戴着几处娉婷的尖阁，妩媚的康河也望不见踪迹。你只能循着那锦带似的林木想象那一流清浅。村舍与树林是这地盘上的棋子，有村舍处有佳荫，有佳荫处有村舍。这早起是看炊烟的时辰：朝雾渐渐的升起，揭开了这灰苍苍的天幕（最好是微霰后的光景），远近的炊烟，成丝的，成缕的，成卷的，轻快的，迟重的，浓灰的，淡青的，惨白的，在静定的朝气里渐渐的上腾，渐渐的不见，仿佛是朝来人们的祈祷，参差的翳入了天听。朝阳是难得见的，这初春的天气。但它来时是起早人莫大的愉快。顷刻间这田野添深了颜色，一层轻纱似的金粉糁上了这草，这树，这通道，这庄舍。顷刻间这周遭弥漫了清晨富丽的温柔。顷刻间你的心怀也分润了白天诞生的光荣。"春"！这胜利的晴空仿佛在你的耳边私语。"春"！你那快活的灵魂也仿佛在那里回响。

伺候着河上的风光，这春来一天有一天的消息。关心石上的苔痕，关心败草里的花鲜，关心这水流的缓急，关心水草的滋长，关心天上的云霞，关心新来的鸟语。怯怜怜的小雪球是探春信的小使。铃兰与香草是欢喜的初声。窈窕的莲馨，玲珑的石水仙，爱热闹的克罗克斯，耐辛苦的蒲公英与雏菊——这时候春光已是缦烂在人间，更不须殷勤问讯。

瑰丽的春放。这是你野游的时期。可爱的路政，这里不比中国，哪一处不是坦荡荡的大道？徒步是一个愉快，但骑自转车是一个更大的愉快。在康桥骑车是普遍的技术；妇人，稚子，老翁，一致享受这双轮舞的快乐（在康桥听说自转车是不怕人偷的，就为人人都自己有车，没人要偷）。任你选一个方向，任你上一条通道，顺着这带草味的和风，放轮远去，保管你这半天的逍遥是你性灵的补剂。这道上有的是清荫与美草，随地都可以供你休息。你如爱花，这里多的是锦绣似的草原。你如爱鸟，这里多的是

巧啭的鸣禽。你如爱儿童，这乡间到处是可亲的稚子。你如爱人情，这里多的是不嫌远客的乡人，你到处可以“挂单”借宿，有酪浆与嫩薯供你饱餐，有夺目的果鲜恣你的尝新。你如爱酒，这乡间每“望”都为你储有上好的新酿，黑啤如太浓，苹果酒、姜酒都是供你解渴润肺的。……带一卷书，走十里路，选一块清静地，看天，听鸟，读书，倦了时，和身在草绵绵处寻梦去——你能想象更适情更适性的消遣吗？

陆放翁有一联诗句：“传呼快马迎新月，却上轻舆趁晚凉。”这是做地方官的风流。我在康桥时虽没马骑，没轿子坐，却也有我的风流：我常常在夕阳西晒时骑了车迎着天边扁大的日头直追。日头是追不到的，我没有夸父的荒诞，但晚景的温存却被我这样偷尝了不少。有三两幅画图似的经验至今还是栩栩的留着。只说看夕阳，我们平常只知道登山或是临海，但实际只须辽阔的天际，平地上的晚霞有时也是一样的神奇。有一次我赶到一个地方，手把着一家村庄的篱笆，隔着一大田的麦浪，看西天的变幻。有一次是正冲着一条宽广的大道，过来一大群羊，放草归来的，偌大的太阳在它们后背放射着万缕的金辉，天上却是乌青青的，只剩这不可逼视的威光中的一条大路，一群生物！我心头顿时感着神异性的压迫，我真的跪下了，对着这冉冉渐翳的金光。再有一次是更不可忘的奇景，那是临着一大片望不到头的草原，满开着艳红的罂粟，在青草里亭亭的像是万盏的金灯，阳光从褐色云里斜着过来，幻成一种异样的紫色，透明似的不可逼视，霎那间在我迷眩了的视觉中，这草田变成了……不说也罢，说来你们也是不信的！

一别二年多了，康桥，谁知我这思乡的隐忧？也不想别的，我只要那晚钟撼动的黄昏，没遮拦的田野，独自斜倚在软草里，看第一个大星在天边出现！

十五年一月十五日

（写于一九二六年一月，选自《巴黎的鳞爪》）

天目山中笔记

佛于大众中　说我当作佛
闻如是法音　疑悔悉已除
初闻佛所说　心中大惊疑
将非魔作佛　恼乱我心耶

《莲华经譬喻品》

山中不定是清静。庙宇在参天的大木中间藏着，早晚间有的是风，松有松声，竹有竹韵，鸣的禽，叫的虫子，阁上的大钟，殿上的木鱼，庙身的左边右边都安着接泉水的粗毛竹管，这就是天然的笙箫，时缓时急的参和着天空地上种种的鸣籁。静是不静的；但山中的声响，不论是泥土里的蚯蚓叫或是轿夫们深夜里“唱宝”的异调，自有一种各别处：它来得纯粹，来得清亮，来得透彻，冰水似的沁入你的脾肺；正如你在泉水里洗濯过后觉得清白些，这些山籁，虽则一样是音响，也分明有洗净的功能。

夜间这些清籁摇着你入梦，早清上你也从这些清籁的怀抱中苏醒。

山居是福，山上有楼住更是修得来的。我们的楼窗开处是一片蓊葱的林海；林海外更有云海！日的光，月的光，星的光：全是你的。从这三尺方的窗户你接受自然的变幻；从这三尺方的窗户你散放你情感的变幻。自在；满足。

今早梦回时睁眼见满帐的霞光。鸟雀们在赞美，我也加入一份。它们的是清越的歌唱，我的是潜深一度的沉默。

钟楼中飞下一声宏钟，空山在音波的磅礴中震荡。这一声钟激起了我的思潮，不，“潮”字太夸；说“思流”罢。耶教人说阿门，印度教人说“欧姆”“O—m”，与这钟声的嗡嗡，同时是从撮口外摄到阖口内包的一个无限的波动：分明是外扩，却又是内潜；一切在它的周缘，却又在它的中心：同时是皮又是核，是轴亦复是廓。这伟大奥妙的“Om”使人感到动，又感到静；从静中见动，又从动中见静。从安住到飞翔，又从飞翔回复安住；从实在境界超入妙空，又从妙空化生实在：——

“闻佛柔软音，深远甚微妙。”

多奇异的力量！多奥妙的启示！包容一切冲突性的现象，扩大霎那间的视域，这单纯的音响，于我是一种智灵的洗净。花开，花落，天外的流星与田畦间的飞萤，上绾云天的青松，下临绝海的巉岩，男女的爱，珠宝的光，火山的溶液：一婴儿在他的摇篮中安眠。

这山上的钟声是日夜不间歇的，平均五分钟时一次。打钟的和尚独自在钟头上住着，据说他已经不间歇的打了十一年钟，他的愿心是打到他不能动弹的那天。钟楼上供着菩萨，打钟人在大钟的一边安着他的“座”，他每晚是坐着安神的，一只手挽着钟槌的一头，从长期的习惯，不叫睡眠耽误他的职司。“这和尚，”我自忖，“一定是有道理的！和尚是没有道理的多：方才那知客僧想把七窍蒙充六孔，怎么算总多了一个鼻孔或是耳孔；那方丈师的谈吐里不少某督军与某省长的点缀；那管半山亭的和尚更是贪嗔的化身，无端摔破了两个无辜的茶碗。但这打钟和尚，他一定不是庸流，不能不去看看！”他的年岁在五十开外，出家有二十几年，这钟楼，不错，是他管的，这钟是他打的（说着他就过去撞了一下），他每晚，也不错，是坐着安神的，但此外，可怜，我的俗眼竟看不出什么异样。他拂拭着神龛，神座，拜垫，换上香烛，掇一盂水，洗一把青菜，捻一把米，擦干手接受香客的布施，又转身去撞一声钟。他脸上看不出修行的清癯，却没有失眠的倦态，倒是满满的不时有笑容的展露；念什么经；不，就念阿弥陀佛，他竟许是不认识字的。“那一带是什么山，叫什么，和尚！”“这里是天目山。”他说。“我知道，我说的是那一带的。”我手点着问。“我不知道。”他回答。

山上另有一个和尚，他住在更上去昭明太子读书台的旧址，盖着几间屋，供着佛像，也归庙管的，叫做茅棚。但这不比得普渡山上的真茅棚，那看了怕人的，坐着或是偎着修行的和尚没一个不是鹄形鸠面，鬼似的东西。他们不开口的多，你爱布施什么就放在他跟前的篓子或是盘子里，他们怎么也不睁眼，不出声，随你给的是金条或是铁条。人说得更奇了，有的半年没有吃过东西，不曾挪过窝，可还是没有死，就这冥冥的坐着。他们大约离成佛不远了，单看他们的脸色，就比石片泥土不差什么，一样这黑刺刺，死僵僵的。“内中有几个”，香客们说，“已经成了活佛，我们的祖母早三十年来就看见他们这样坐着的!”

但天目山的茅棚以及茅棚里的和尚，却没有那样的浪漫出奇。茅棚是尽够蔽风雨的屋子，修道的也是活鲜鲜的人，虽则他并不因此减却他给我们的趣味。他是一个高身材，黑面目，行动迟缓的中年人；他出家将近十年，三年前坐过禅关，现在这山上茅棚里来修行；他在俗家时是个商人，家中有父母兄弟姊妹，也许还有自身的妻子；他不曾明说他中年出家的缘由，他只说“俗业太重了，还是出家从佛的好”。但从他沉着的语音与持重的神态中可以觉出他不仅是曾经在人事上受过磨折，并且是在思想上能分清黑白的人。他的口，他的眼，都泄漏着他内里强自抑制，魔与佛交斗的痕迹；说他是放过火杀过人的忏悔者，可信；说他是个回头的浪子，也可信。他不比那钟楼上人的不着颜色，不露曲折：他分明是色的世界里逃来的一个囚犯。三年的禅关，三年的草棚，还不曾压倒，不曾灭净他肉身的烈火。“俗业太重了，不如出家从佛的好”，这话里岂不颤栗着一往忏悔的深心？我觉着好奇；我怎么能得知他深夜趺坐时意念的究竟？

佛于大众中　说我当作佛
闻如是法音　疑悔悉已除
初闻佛所说　心中大惊疑
将非魔作佛　恼乱我心耶

但这也许看太奥了。我们承受西洋人生观洗礼的，容易把做人看太积极，入世的要求太猛烈，太不肯退让，把住这热虎虎的一个身子一个心放进生活的轧床去，不叫他留存半点汁水回去；非到山穷水尽的时候，决不肯认输，退后，收下旗帜；并且即使承认了绝望的表示，他往往直接向生存本体的取决，不来半不阑珊的收回了步子向后退：宁可自杀，甘脆的生命的断绝，不来出家，那是生命的否认。不错，西洋人也有出家做和尚做尼姑的，例如亚佩腊与爱洛绮丝①，但在他们是情感方面的转变，原来对人的爱移作对上帝的爱，这知感的自体与它的活动依旧不含糊的在着；在东方人，这出家是求情感的消灭，皈依佛法或道法，目的在自我一切痕迹的解脱。再说，这出家或出世的观念的老家，是印度不是中国，是跟着佛教来的；印度可以会发生这类思想，学者们自有种种哲理上乃至物理上的解释，也尽有趣味的。中国何以能容留这类思想，并且在实际上出家做尼僧的今天不比以前少（我新近一个朋友差一点做了小和尚！）这问题正值得研究，因为这分明不仅仅是个知识乃至意识的浅深问题，也许这情形尽有极有趣味的解释的可能，我见闻浅，不知道我们的学者怎样想法，我愿意领教。

十五年九月

（写于一九二六年九月，选自《巴黎的鳞爪》）

---

① Pierre Abélard（1079—1142），法国哲学家、神学家，他与女学生 Héloise（爱洛绮丝）恋爱，以悲剧告终，有通讯集留传后世。

五老峰

不可摇撼的神奇，
　　不容注视的威严，
这耸峙，这横蟠，
　　这不可攀援的峻险！
看！那巉岩缺处
　　透露着天，窈远的苍天，
在无限广博的怀抱间，
　　这旁礴的伟象显现！

是谁的意境，是谁的想象？
　　是谁的工程与搏造的手痕？
在这亘古的空灵中
　　陵慢着天风，天体与天氛！
有时朵朵明媚的彩云，
　　轻颤的，妆缀着老人们的苍鬓
像一树虬干的古梅在月下
　　吐露了艳色鲜葩的清芬！

山麓前伐木的村童，
　　在山涧的清流中洗濯，呼啸，

认识老人们的嗔颦，
　　迷雾海沫似的喷涌，铺罩，
淹没了谷内的青林，
　　隔绝了鄱阳的水色袅渺，
陡壁前闪亮着火电，听呀！
　　五老们在渺茫的雾海外狂笑！

朝霞照他们的前胸，
　　晚霞戏逗着我们赤秃的头颅；
黄昏时，听异鸟的欢呼，
　　在他们鸠盘的肩旁怯怯的透露
不昧的星光与月彩：
　　柔波里，缓泛着的小艇与轻舸。
听呀！在海会静穆的钟声里，
　　有朝山人在落叶林中过路！

更无有人事的虚荣，
　　更无有尘世的仓促与噩梦
灵魂！记取这从容与伟大，
　　在五老峰前饱啜自由的山风！
这不是山峰，这是古圣人的祈祷，
　　凝聚成这“冻乐”似的建筑神工，
给人间一个不朽的凭证，——
　　一个“崛强的疑问”在无极的蓝空！

（写作时间不详）

再别康桥

轻轻的我走了，
　正如我轻轻的来；
我轻轻的招手，
　作别西天的云彩。

那河畔的金柳，
　是夕阳中的新娘；
波光里的艳影，
　在我的心头荡漾。

软泥上的青荇，
　油油的在水底招摇；
在康河的柔波里，
　我甘心做一条水草！

那树荫下的一潭，
　不是清泉，是天上虹
揉碎在浮藻间，
　沉淀着彩虹似的梦。

寻梦？撑一支长篙，
　向青草更青处漫溯，
满载一船星辉，
　在星辉斑斓里放歌。

但我不能放歌，
　悄悄是别离的笙箫；
夏虫也为我沉默，
　沉默是今晚的康桥！

悄悄的我走了，
　正如我悄悄的来；
我挥一挥衣袖，
　不带走一片云彩。

十一月六日

（作于一九二八年十一月六日，初载一九二八年十二月十日《新月》月刊第一卷第十号）

车眺

一

我不能不赞美
这向晚的五月天；
怀抱着云和树
那些玲珑的水田。

二

白云穿掠着晴空，
像仙岛上的白燕！
晚霞正照着它们，
白羽镶上了金边。

三

背着轻快的晚凉，
牛，放了工，呆着做梦；
孩童们在一边蹲；
想上牛背，美，逞英雄！

四

在绵密的树荫下，
有流水，有白石的桥，
桥洞下早来了黑夜，
流水里有星在闪耀。

五

绿是豆畦，阴是桑树林，
幽郁是溪水傍的草丛，
静是这黄昏时的田景，
但你听，草虫们的飞动！

六

月亮在昏黄里上妆
太阳心慌的向天边跑；
他怕见她，他怕她见，——
怕她见笑一脸的红糟！

（初载一九三〇年三月十日《新月》月刊第三卷第一号）

倾听徐志摩

·诉说恋情悲欢·

《志摩日记》选

（一九二五年）八月九日起日记

“幸福还不是不可能的”，这是我最近的发现。

今天早上的时刻，过得甜极了。只要你；有你我就忘却一切，我什么都不想什么都不要了，因为我什么都有了。与你在一起没有第三人时，我最乐。坐着谈也好，走道也好，上街买东西也好。厂甸我何尝没有去过，但哪有今天那样的甜法；爱是甘草，这苦的世界有了它就好上口了。眉，你真玲珑，你真活泼，你真像一条小龙。

我爱你朴素，不爱你奢华。你穿上一件蓝布袍，你的眉目间就有一种特异的光彩，我看了心里就觉着不可名状的欢喜。朴素是真的高贵。你穿戴齐整的时候当然是好看，但那好看是寻常的，人人都认得的，素服时的眉，有我独到的领略。

“玩人丧德，玩物丧志”，这话确有道理。

我恨的是庸凡，平常，琐细，俗；我爱个性的表现。

我的胸膛并不大，决计装不下整个或是甚至部分的宇宙。我的心河也不够深，常常有露底的忧愁。我即使小有才，决计不是天生的，我信是勉强来的；所以每回我写什么多少总是难产，我唯一的靠傍是霎那间的灵通。我不能没有心的平安，眉，只有你能给我心的平安。在你完全的蜜甜的高贵的爱里，我享受无上的心与灵的平安。

凡事开不得头，开了头便有重复，甚至成习惯的倾向。在恋中人也得提防小漏缝儿，小缝儿会变大窟窿，那就糟了。我见过两相爱的人因为小事情误会斗口，结果只有损失，没有利益。我们家乡俗谚有：“一天相骂十八头，夜夜睡在一横头”，意思说是好夫妻也免不了吵。我可不信，我信合理的生活，动机是爱，知识是南针；爱的生活也不能纯粹靠感情，彼此的了解是不可少的。爱是帮助了解的力，了解是爱的成熟，最高的了解是灵魂的化合，那是爱的圆满功德。

没有一个灵性不是深奥的，要懂得真认识一个灵性，是一辈子的工作。这工夫愈下愈有味，像逛山似的，唯恐进得不深。

眉，你今天说想到乡间去过活，我听了顶欢喜，可是你得准备吃苦。总有一天我引你到一个地方，使你完全转变你的思想与生活的习惯。你这孩子其实太娇养惯了！我今天想起丹农雪乌的“死的胜利”的结局；但中国人，哪配！眉，你我从今起对爱的生活负有做到他十全的义务。我们应得努力。眉，你怕死吗？眉，你怕活吗？活比死难得多！眉，老实说，你的生活一天不改变，我一天不得放心。但北京就是阻碍你新生命的一个大原因，因此我不免发愁。

我从前的束缚是完全靠理性解开的，我不信你的就不能用同样的方法。万事只要自己决心；决心与成功间的是最短的距离。

往往一个人最不愿意听的话，是他最应得听的话。

八月二十七日

两天不亲近爱眉小札了，真觉得抱歉。

香山去只增添、加深我的懊丧与惆怅。眉，没有一分钟不怀有想你的痴情，眉，上山，听泉，折花，望远，看星，独步，嗅草，捕虫，寻梦，——哪一处没有你，眉，哪一处不惦着你，眉，哪一个心跳不是为着你，眉！

我一定得造成你，眉，旁人的闲话我愈听愈恼，愈愤愈自信，眉！交给我你的手，我引你到更高处去，我要你放胆地完全信任地把你的手交给我。

我没有别的方法，我就有爱；没有别的天才，就是爱；没有别的能耐，只是爱；没有别的动力，只是爱。

我是极空洞的一个穷人，我也是一个极充实的富人——我有的只是爱。

眉，这一潭清冽的泉水；你不来洗濯谁来；你不来解渴谁来；你不来照形谁来！

我白天想望的，晚间祈祷的，梦中缠绵的，平日时神往的——只是爱的成功，那就是生命的成功。

是真爱不能没有力量，是真爱不能没有悲剧的倾向。

眉，“先生”说你意志不坚强，所以目前逢着有阻力的环境倒是好的，因为有阻力的环境是激发意志最强的一个力量，假如阻力再不能激发意志时，那事情也就不易了。这时候各界的看法各个不同，眉，你觉出了没有？有绝对怀疑的；有相对怀疑的；有部分同情的；有完全同情的（那很少，除是老K）；有嫉忌的，有阴谋破坏的（那最危险）；有肯积极助成的，有愿消极帮忙的，都有。但是，眉，听着，一切都跟着你我自己走；只要你我有意志，有气，有勇，加在一个真的情爱上，什么事不成功，真的。

有你在我的怀中，虽则不过几秒钟，我的心头便没有忧愁的踪迹；你不在我的当前，我的心就像挂灯笼似的悬着。你为什么不抽空给我写一点？不论多少，抱着你的思想与抱着你的温柔肉体，同样是我这辈子无上的快乐。

往高处走，眉，往高处走！

我不愿意你过分“爱物”，不愿意你随便花钱，无形中养成“想什么非要得到什么不可”的习惯；我将来决不会怎样赚钱的，即使有机会我也不来，因为我认定奢侈的生活不是高尚的生活。

爱。在俭朴的生活中，是有真生命的，像一朵朝露浸着的小草花；在奢华的生活中，即使有爱，不能纯粹，不能自然，像是热屋子里烘出来的花，一半天就衰萎的忧愁。

论精神我主张贵族主义，论物质我主张平民主义。

眉，你闲着的时候想一想，你会不会有一天厌弃你的摩。

不要怕想，想是领到"通"的路上去的。

爱朋友怜惜与照顾也得有个限度，否则就有界限不分明的危险。

小的地方要防，正因为小的地方容易忽略。

九月九日

今晚许见着你，眉，叫我怎样好！说我非但近痴，简直已经痴了。方才爸爸进来问我写什么，我说日记，他要看前面的题字，没法给他看了，他指了指"眉"字，笑了笑，用手打了我一下。爸爸真通人情，前夜我没回家他急得什么似的一晚没睡，他说替我"捏着一大把汗"，后来问我怎样，我说没事，他说："你额上亮着哪。"他又对我说："像你这样年纪，身边女人是应得有一个的，但可不能胡闹，以后，有夫之妇以少接近为是。"我当然不能对他细讲，点点头算数。

昨晚我叫梦相缠得真苦，眉，你真害苦了我，叫我怎生才是？我真想与你与你们一家人形迹上完全绝交，能躲避处躲避，免不了见面时也只随便敷衍。我恨你的娘刺骨，要不为你爱我，我要叫她认识我的厉害！等着吧，总有一天报复的！

我见人都觉着尴尬，了解的朋友又少，真苦死。前天我急极时忽然想起了LY，她多少是个有侠气的女子，她或能帮忙，比如代通消息，但我现在简直连信都不想给你通了。我这里还记着日记，你那里恐怕连想我都没有时候了，唉，我一想起你那专暴淫蛮的娘！

我来扬子江边买一把莲蓬；

　　手剥一层层的莲衣，

看江鸥在眼前飞，
忍含着一眼悲泪，——
我想着你，我想着你，啊小龙！

我尝一尝莲瓤，回味曾经的温存——
那阶前不卷的垂帘，
卷护着销魂的欢恋，
我又听着你的盟言；
“永远是你的，我的身体，我的灵魂。”

我尝一尝莲心，我的心比莲心苦，
我长夜里怔梦，
挣不开的恶梦；
谁知我的苦痛？
你害了我，爱，这是叫我如何过？

但我不能说你负，更不能猜你变；
我心头只是一片柔，
你是我的！我依旧，
将你紧紧的抱搂；
除非是天翻，但是我不能想象那一天！

九月四日沪宁道上

九月十三日

“先生”昨晚来信，满是慰我的好意，我不能不听他的话，他懂得比我多，看得比我透，我真想暂时收拾起我的私情，做些正经事业，也叫爱我如“先生”的宽宽心，咳，我真是太对不起人。

眉，一见你一口气就哽住了我的咽喉，什么话都说不出来了，他昨晚的态度真怪，许有什么花样，他临上马车过来与我握手的神情也顶怪的，我站着看你，心里难受就不用提了，你到底是谁的？昨晚本想与你最后说几句话，结果还是一句都说不成，只是加添了愤懑。咳，你的思想真混乱，我不能不说你。

这来我几时再见你眉？看你吧。我不放心的就是你许有澈悟的时候，真要我的时候，我又不在你的身旁，那便怎办？

西湖上见得着我的眉吗？

我本来站在一个光亮的地位，你拿一个黑影子丢上我的身来，我没法摆脱……

The sufferer has no right to Pessimism.

这话里有电，有震醒力！

十日在栈里做了一首诗：

今晚天上有半轮的下弦月；
　　你想携着她的手，
　　往明月多处去——
一样是清光，我想，圆满或残缺。

庭前有一树开剩的玉兰花；
　　她有的是爱花癖，
　　我忍着它的怜惜——
一样是芬芳，她说，满花与残花。
浓荫里有一只过时的夜莺；
　　她受了秋凉，
　　不如从前澈亮——
快死了，她说，但我不悔我的痴情！

但这莺，这一树残花，这半轮月——

我独自沉吟，

对着我的身影——

她在哪里呀，为什么伤悲，凋谢，残缺？

九月十六日

你今晚终究来不来？你不来时我明天怕走不得相见了；你来了又待怎样，我现在至多的想望是与你临行一诀，但看来百分里没望一分机会？你娘不来时许还有法想；她若来时什么都完了。想着真叫人气；但转想即使见面又待怎生，你还是在无情的石壁里嵌着，我没法挖你出来，多见只多尝锐利的痛苦，虽则我不怕痛苦。眉，我这来完全变了个“宿命论者”，我信人事会合有命有缘，绝对不容什么自由与意志，我现在只要想你常说那句话早些应验——“我总有一天报答你”，是的我也信，前世不论，今生是你欠债的；你受了我的礼还不曾回答；你的盟言——“完全是你的，我的身体，我的灵魂”——还不曾实践，眉，你决不能随便堕落了，你不能负我，你的唯一的摩！我固然这辈子除了你没有受个女人的爱，同时我也自信你也该觉着我给你的爱也不是平常的，眉，真的到几时才能清账，我不是急，你要我耐我不是不能耐，但怕的是华年不驻，热情难再，到那天彼此都离朽木不远的时候再交抱，岂不是“何苦”？

我怕我的话说不到你耳边，我不知你不见我时心里想的是什么，我不能自由见你，更不能勉强你想我；但你真的能忘我么？真的能忍心随我去休吗？眉，我真不信为什么我的连蹇如此！

我的心想不论往哪一方向走，碰着的总是你，我的甜；你呢？

在家里伴娘睡两晚，可怜，只是在梦阵里颠倒，连白天都是心怔怔的。昨天上车时，怕你在车上，初到打电话时怕你已到，到春润庐时怕你就到——这心头的回折，这无端的狂跳，有谁知道？

方才送花去，踌躇了半晌，不忍不送，却没有附信去，我想你能够懂得。

昨天在楼上微醺时那凄凉味儿，眉呀，你何苦爱我来！

方才在烟霞洞与复之闲谈，他说今年红蓼、红蕉都死了，紫薇也叫虫咬了，我听了又有怅触，随诌四句——

红蕉烂死紫薇病
秋雨横斜秋风紧
山前山后乱鸣泉
有人独立怅空溟

九月十七日

爸今天一定很怪我，早上没有回去，他已是不愿意，下午又没有回，他准皱眉！但他也一定有数，我为什么耽着；眉，我的眉，为你，不为你更为难！可怜我今天去车站盼望你来，又不敢露面，心里双层的难受，结果还是白候，这时候有九点半！王福没电话来，大约又没有到，也许不叫打，我几次三番想写信给你可又没法传递，咳，真苦极了，现在我立定主意了，不管了，以后就看你了，眉呀！想不到这爱眉小札，欢欢喜喜开的篇，会有这样凄惨的结束，这一段公案到哪一天才判得清？我成天思前想后的神思越恍惚了，再不快找“先生”寻安慰去，我真该疯了。眉，我有些怨你；不怨你别的，怨你在京那一个月，多难得的日子，没多给我一点平安。你想想，北海那晚上！眉，要不是你后来那封信，我真该疑你。

今天我又发傻，独自去灵隐，直挺挺地躺在鼙雷亭下那条石凳上寻梦，我故意把你那小红绢盖在脸上，妄想倩女离魂，把你变到鼙雷亭下来会我！眉，你究竟怎样了，我哪里舍得下你，我这里还可以像现在似的自由地写日记，你那里怕连出神的机会都没有，一个娘，一个丈夫，手挽手地给你造上一座打不破的牢墙，想着怎不叫人悲愤！你说 Some day God will pity us：but will there de such a day.

昨晚把娘给我那玻璃翠戒指落了，真吓得我！恭喜没有掉了；我盼望有一天把小龙也捡了回来，那才真该恭喜哪！

昏昏的度日，诗意尽有，写可写不成，方才凑成了四节。

昨天我冒着大雨去烟霞岭下访桂；
　　南高峰在烟霞中不见；
　　在一家松茅铺的屋沿前，
　　我停步，问一个村姑今年
翁家山的丹桂有没有去年时的媚。
那村姑先对着我身上细细地端详；
　　“活像个羽毛浸瘪了的鸟”，
　　我心里想，她，定觉得蹊跷，
　　在这大雨天单身走远道，
倒来没来头地问桂花今年香不香！

“客人，你运气不好，来得太迟又太早，
　　这里就是有名的满家巷，
　　往年这时候到处香得凶，
　　这几天连绵的雨，外加风，
弄得这稀糟，今年的早桂就算完了。”

果然这桂子林也不能给我欢喜：
　　枝上只见焦烂的细蕊，
　　看着凄惨，咳，无妄的灾，
　　我心想，为什么到处憔悴？——
这年头活着不易，这年头活着不易！
又凑成一首——
再不见雷峰，雷峰坍成了一座大荒冢，
　　顶上有不少交抱的青葱，
　　顶上有不少交抱的青葱，

再不见雷峰，雷峰坍成了一座大荒冢。
发什么感慨，对着这光阴应分的摧残？
　　世下多的是不应分的变态；
　　世下多的是不应分的变态，
发什么感慨，对着这光阴应分的摧残？

发什么感慨，这塔是镇压，这坟是掩埋——
　　镇压还不如掩埋来得痛快，
　　镇压还不如掩埋来得痛快；

发什么感慨，这塔是镇压，这坟是掩埋！

再没有雷峰，雷峰从此掩埋在人的记忆中，
　　像曾经的梦境，曾经的爱宠；
　　像曾经的梦境，曾经的爱宠，
再没有雷峰，雷峰从此掩埋在人的记忆中！

（写于一九二五年八～九月，选自《爱眉小札》）

致陆小曼

一九二五年三月三日

小曼：

这实在是太惨了，怎叫我爱你的不难受？假如你这番深沉的冤屈，有人写成了小说故事，一定可使千百个同情的读者滴泪。何况今天我处在这最尴尬最难堪的地位，怎禁得不咬牙切齿地恨，肝肠迸裂地痛心呢？真的太惨了。我的乖！你前生作的是什么孽，今生要你来受这样惨酷的报应。无论折断一枝花，尚且是残忍的行为，何况这生生的糟蹋一个最美最纯洁最可爱的灵魂？真是太难了。你的四周全是细精铁壁你便有翅膀也难飞。咳，眼看着一只洁白美丽的稚羊，让那满面横肉的屠夫擎着利刃向着它刀刀见血地蹂躏谋杀，——旁边站着不少的看客。那羊主人也许在内，不但不动怜惜反而称赞屠夫的手段，好像他们都挂着馋涎想分尝美味的羊羔哪！咳！这简直地不能想。实有的与想象的悲惨的故事我也闻见过不少。但我爱，你现在所身受的却是谁都不曾想到过，更有谁有胆量来写？我劝你早些看哈代那本“Judc the Obscure”吧。那书里的女子Sue，你一定很可同情她。哈代写的结果叫人不忍卒读。但你得明白作者的意思。将来有机会，我对你细讲。咳，我真不知道你申冤的日子在哪一天！实在是没有一个人能明白你，不明白也算了，一班人还来绝对地冤你。啊呸！狗屁的礼教，狗屁的家庭，狗屁的社会，去你们的。青天里白白地出太阳；这群两脚，血管的水全是冰凉的。我现在可以放怀地对你说：我腔子里一天还有热血，你就一天有我的同情与帮助。我大胆地承受你的爱，珍重你的爱，永葆你的爱。我如果凭爱的恩惠，还能从性灵里放射出一丝一缕的光亮，这光亮全是你的。你尽量用吧！假如你能在我的人格思想里发现有些须的滋养与温暖；这也全是你的，你尽量使吧！最初我听见人家污蔑你的时候，我就热烈地对他们宣言，我说：你们听着，先前我不认识她，我没有权利替她说话；现在我认识了她，我绝对地替她辩护。我敢说如果女人的心曾经有过纯洁的好的，就是你一个。

现在更进一层了，你听着这分别。先前我自己仿佛站得高些，我的眼是往下望的。那时我怜你惜你疼你的感情是斜着下来到你身上来的；渐渐地我觉得我看法不对，我不应站得比你高些，我只能平看着你；我站在你的正对面，我的泪上的光芒与你的泪上的光芒针对着，交换着。你的灵性渐渐的化入了我的，我也与你一样地觉悟了，一个新来的影响在我的人格中四布地贯彻。——现在我连平视都不敢了。我从你的苦恼与悲惨的情感里憬悟了你的高洁的灵魂的真际。

这是上帝神光的反映，我自己不由地低降了下去。现在我只能仰着头献给你我有限的真情与真爱，声明我的惊讶与赞美。不错，勇敢，胆量，怕什么？前途当然是有光明的，没有也得叫他有一个。灵魂有时可以到发黑暗的地狱里去游行，但一点神灵的光亮却永远在灵魂本身的中心点着。——况且你不是确信你已经找着了你的真归宿、真想望，实现了你的梦，来让这伟大的灵魂的结合毁灭一切的阻碍，创造一切的价值，

往前走吧！再也不必迟疑。

你要告诉我什么？尽量地告诉我，像一条河流似的，尽量把他的积源交给无边的大海。像一朵高爽的葵花，对着和暖的阳光，一瓣瓣地展露她的秘密。你要我的安慰，你当然有我的安慰，只要我有，我能给你，要什么有什么。我只要你做到你自己说的一句话。——Fight on——即使命运叫你在得到最后胜利之前碰着了不可躲避的死，我的爱！那时你就死。因为死就是成功，就是胜利，一切有我在，一切有爱在。同时你努力的方向得自己认清，再不容丝毫地含糊，让步牺牲是有的，但什么事情都有个限度，有个止境。你这样一朵稀有的奇葩，决不是为一对庸俗的父母，为一个庸懦兼残忍的丈夫牺牲来的。你对上帝负有责任；你对自己负有责任；尤其你对你新发现的爱负有责任。你已往的牺牲已经是够了，你再不能轻易糟蹋一分半分的黄金光阴。人间的关系是相对的，尽职也有个道理。灵魂是要救度的，肉体也不能永久让人家侮辱蹂躏；因为就是肉体也含有灵性的。总之一句话：时候已经到了，你得……

你的心肠太软，这是你一辈子吃亏的原因。但以后可再不能过分地含糊了。因为灵与肉实在是不能绝对分家的。要不然……何必一定得抛弃她的家，永别她的儿女，重新投入渺茫的世界里去？她为的就是她自己的人格与性灵的尊严。侮辱与蹂躏是不应得容许的。且不忙，慢慢地来。不必悲观，不必厌世，只要你抱定主意往前走，决不会走过头，前面有人等着你。

以后信，你得好好地收藏起，将来或许有用。——在你申冤出气时的将来，但暂时切不可泄漏。切切！

一九二五年三月三日

一九二五年四月十日

小曼：

我一个人在伦敦瞎逛，现在在“探花楼”一个人喝乌龙茶，等吃饭，再隔一点钟去看 John Banyuon 的"Hamlet"，这次到英国来就为看戏。你好一时不得我的信，我怕你有些着急，我也不知怎的总是懒得动笔；虽则我没有一天不想把那天的经历整个儿告诉你。说也奇怪，我还是每晚做梦回北京，十次里有九次见着你，每次的情景总不同。难道真的像张幼仪他们挖苦我说：我只到欧洲来了一双腿，"心"不用说，连肠胃都不曾带来(因为我胃口不好)？你们那里有谁做梦，会见了我的魂没有？我也愿意知道。我到现在还不曾接到中国来的单个字；狄更斯不在康桥，他那里不知有我的信没有，单怕掉了，我真着急。我想别人也许没有信，小曼你总该有；可是到哪一天才可以得到你信，我自己都不知道！我这次来，一路上坟送葬，惘惘极了。我有一天想立刻买船票到印度去，还了心愿完事，又想立刻赶回中国，也许有机会与我的爱一同到山林深处过夏去，强如在欧洲做流氓。其实到今天为止，我还是没有想定规，流到哪里去。感情是我的指南，冲动是我的风。还是"今日不知明日事"的办法。可是印度我总得去，老头在不在我都得去，这比菩萨面前许下的愿心还要紧。照我现在的主意是不迟六月初动身到印度，八九月间可回国，那就快爽了不是？

我前晚到伦敦的，这里大半朋友全不在，春假旅行去了。只见着那美术家 Roger Erys，翻中国诗的 Arthur Waly。昨晚我住在他那里，今晚又得做流氓了。今天看完了戏，明早就回巴黎，张女士等着要跟我上意大利玩去。我们先玩威尼斯，再去佛路伦斯与罗马；她只有两星期就得回柏林去上学，我一个人还得往南，想到 Sicily 去洗澡，再回头。我这一时，一点心的平安都没有，烦极了。通讯一封也不曾着笔，诗半行也没有。——如其有什么可提的成绩，也许就只晚上的梦；那倒不少，并且多的是花样；要是有法子记下来时，早已成书了！这回旅行太糟了，本来的打算多如意，多美，泰戈尔一跑，我就没了落儿；我倒不怨他，我怨的是他的书记那恩厚之小鬼，一面催我出来，一面让老头回去也不给我个消息，害我白跑一趟。回时他倒舒服，你知道他本来是个不名一文的光棍，现在可大抖了。他做了 Mrs. Willard Straight 的老爷。她是全世界最富女人的一个，在美国顶有名的；这小鬼不是平地一声雷，脑袋上都装了金了！我有电报给他，已经三

四天也不得回电，想是在蜜月里蜜昏了，哪管得我在这儿空宕！

小曼，你近来怎样？身体怎样？你的心跳病我最怕，你知道你每日一发病，我的心好像也掉了下去似的。近来发不发，我盼望不再来了。你的心绪怎样？这话其实不必问，不问我也猜着。真是要命，这距离不是假的，一封信来回至少得四十天。我问话也没有用，还不如到梦里去吧！说起现在无线电的应用，真是可惊，我在伦敦可以听到北京饭店礼拜天下午的音乐，或是旧金山市政厅里的演说，你说奇不奇？现在德国差不多每家都装了听机，就是有限制（每天有报，什么时候听什么）。自己不能发电。将来，我想不久，无线电话有了设备，距离与空间不成问题了，比如我在伦敦就可以要北京电话与你直接谈天，你说多 Wonderful！

在曼殊斐儿坟前写的那张信片，到了没有？我想另做一首诗。但是你可知道她的丈夫已经再娶了，也是一个有钱的女人。那虽则没有什么，曼殊斐儿也不会见怪，但我总觉得有些尴尬，我的东道都输了！你那篇 Something Childish 改好了没有？近来做些什么事？英国寒酸得很，没有东西寄给你；到了意大利再买好玩儿的寄你，你乖乖地等着吧！

志摩

四月十日伦敦

一九二六年二月二十六日

眉眉乖乖：

今天托沈久之带京网篮一只，内有火腿茶菊，以及家用托买的两包。你一双鞋也带去，看适用否，缎鞋年前已卖完，这双尺寸恰好，但不怎么好。茶菊你替我留下一点，我要另送人。今天我又替你买了一双我自以为极得意的鞋，你一定欢喜，北京一定买不出，是外国做来的，价钱可不小。你的大衣料顶麻烦，我看过，也问过，但始终没有买，也许不买，到北京再说。你说要厚呢夹大衣，那还不是冬天用的，薄的倒有好看的，怕又买不合式。天台橘子倒有，临走时再买，早买要坏。火腿恐不十分好，包头里的好，我还想去买些，自己带。

适之真可恶，他又不走了！赔款委员会仍在上海开，他得在此接洽，他不久搬去沧州别墅。

昨晚有人请我妈听戏，我也陪了去，听的你说是什么？就是上次你想听没听着的新玉堂春。尚小云唱的真不坏，下回再有，一定请眉眉听去。

朱素云也配得好，昨晚戏园里挤得简直是水泄不通。戏情虽则简单，却是情形有趣，三堂会审后，穿蓝的官与王金龙作对，他知道王三一定去监牢里会苏三，故意趁他们正在监内绸缪的时候，带了衙役去查监。吓得王三涂了满面窑煤，装疯混了出去。后来穿红的官做好人，调和了他们，审清了案子，苏三挂红出狱。苏三到客店里去梳妆一节，小云做得极好，结局拜天地团圆，成全了一对恩爱夫妻。这戏不坏。但我看时也只想着眉眉，她说不定这时候怎样坐立不安地等着我哩！眉眉，我真的心烦，什么事也做不成，今天想写一点给副刊，提了笔直发愣，什么也没有写成。大约我在见眉眉之前，什么事都不用想了，这几十天就算是白活的，真坑人！思想也乱得很，一时高飞，一时沉低，像在梦里似的，与人谈话也是心不在焉的慌。眉眉，不知道你怎样；我没有你简直不能做人过日子。什么繁华，什么声色，都是甘蔗滓，前天有人很热心地要介绍电影明星，我一点也没兴趣，一概婉辞谢绝。上海可不了，这班所谓明星，简直是“火腿”的变相，哪里还是干净的职业，眉眉，你想上银幕的意思趁早打消了罢！我看你还是往文学美术方面，耐心的做去。不要贪快，以你的聪明，只要耐心，什么事不成，你真的争口气，羞羞这势利世界也好！你近来身体怎样，没有信来真急人。昨天有船到，今天还是没有信，大概你压根儿就没有写。我本该明天赶到京和我的爱眉宝贝同过元宵的；谁知我们还得磨折，天罚我们冷清清的一个在南，一个在北，冷眼看人家热闹，自己伤心！新月社一定什么举动也没，风景煞尽的了！你今晚一定特别地难过，满望摩摩元宵回京，谁知还是这形单影只的！你也只能自己排解排解，将来我们温柔的福分厚着，蜜甜的日子多着；名分定了，谁还抢得了？我今晚仍伴妈睡，爸在杭未回。昨晚在第一台见一女，长得真美，妈都看呆了；那一双大眼真惊人，少有得见的。见时再详说。

堂上请安。

摩摩问候

元宵前夜

一九二六年七月二十一日

眉儿：

在深山中与世隔绝，无从通问，最令悒悒。三日来由杭而临安，行数百里，纡道登山。旅中颇不少可记事，皆愿为眉一一言之；恨邮传不达，只得暂记于此，归时再当畅述也。

前日发函后，即与旅伴（歆海、老七及李藻孙）出游湖，以为晚凉有可乐者，岂意湖水尚热如汤，风来烘人，益增烦懑。舟过锦华桥，便访春润庐，适值蔡鹤卿先生驻踪焉。因遂谒谈有顷。蔡氏容貌甚癯，然肤色如棕如铜，若经髹然，意态故蔼婉恂恂，所谓“婴儿”者非欤？谈京中学业，甚愤慨，言下甚坚决，绝不合作：“既然要死，就应该让他死一个透；这样时局，如何可以混在一起？适之倒是乐观，我很感念他；但事情还是没有办法的，我无论如何不去。”

平湖秋月已设酒肆，稍近即闻汗臭。晚间更有猥歌声，湖上风流更不可问矣。移棹向楼外楼，满拟一棹幽静，稍远尘嚣。讵此楼亦经改作，三层楼房，金漆辉煌，有层顶，有电扇。昔日闲逸风趣竟不可复得。因即楼下便餐，菜亦视前劣甚。柳梢头明月依然，仰对能毋愧煞！

仁圃蟠桃味甘乃无伦，新莲亦洌香激齿。眉此时想亦在莲瓤中讨生活也。

十九日早六时起，六时二十分汽车开行，约八时到临安，修道甚佳，一路风色尤媚绝，此后更不虞路难矣。临安登轿，父亲体重，舆夫三名不胜，增至四，四犹不任，增至六。上山时簇拥邪许而前，态至狼狈。十时半抵螺丝岭（?），新筑有屋，住僧为备饭。十二时又前行，及四时乃抵山麓。小憩龙泉寺，啖粥点心。乃盘道上山，幸云阻日光，山风稍动，不过热。轿夫皆称老爷福量大。登山一里一凉亭，及第五亭乃见瀑，猥泻石罅间，殊不庄严。近人为筑亭，颜天琴，坐此听瀑，远瞰群冈，亦一小休。到此东天目钟声剪空而来，山林震荡，意致非常。

今寓保福楼，窗前山色林香，别有天地。左一峦顶，松竹丛中，钟楼在焉。昨晚月色朦胧，忽复明爽；约藻孙与七步行人林，坐石上听泉，有顷乃归，所思邈矣。夜凉甚重，厚衾裹卧，犹有寒意。

二十日早上山，去昭明太子分经台，欲上寻龙潭，不成，悻悻折回。登山不到顶，此第一次也。又去寺右侧洗眼池。山中风色描写不易。杉佳，竹佳，钟声佳；此外则远眺群山，最使怡旷。

二十一日早下山。十时到西天目。地当山麓，寺在胜间，胜地也。

一九二八年六月十八日

亲爱的：

我现在一个人在火车里往东京去，车子震荡得很凶，但这是我和你写信的时光，让我在睡前和你谈谈这一天的经过。济远隔两天就可以见你，此信到，一定远在他后，你可以从他知道我到日时的气色等等。他带回去一束手绢，是我替你匆匆买得的，不一定别致；到东京时有机会再去看看，如有好的，另寄给你。这真是难解决，一面为爱国，我们决不能买日货，但到了此地看各样东西制作之玲巧，又不能不爱。济远说：你若来，一定得装几箱回去才过瘾。说起我让他过长崎时买一筐日本大樱桃给你，不知他能记得否。日本的枇杷大极了，但不好吃。白樱桃亦美观，但不知可口不？我们的船从昨晚起即转入——岛国的内海，九洲各岛灯火辉煌，于海波澎湃夜色苍茫中，各具风趣。今晨起看内海风景，美极了，水是绿的，岛屿是青的，天是蓝的；最相映成趣的是那些小渔船一个个扬着各色的渔帆，黄的、蓝的、白的、灰的，在轻波间浮游。我照了几张，但因背日光，怕不见好。饭后船停在神户口外，日本人上船来检验护照。我上函说起那比较看得的中国的女子，大约是避绑票一类，全家到日本上岸。我和文伯

说这样好，一船上男的全是蠢，女的全是丑，此去十余日如何受得了。我就想象如果乖你同来的话，我们可以多么堂皇地并肩而行，叫一船人尽都侧目！大风头非得到外国去，明年咱们一定得去西洋——单是为呼吸海上清新的空气也是值得的。

船到四时才靠岸，我上午发无线电给济远的，他所以约了鲍振青来接，另外同来一两个新闻记者，问这样问那样的，被我几句滑话给敷衍过去了，但相是得照一个的，明天的神户报上可见我们的尊容了。上岸以后，就坐汽车乱跑，街上新式的雪佛洛来跑车最多，买了一点东西，就去山里看雌雄泷瀑布，当年叔华的兄姊淹死或闪死的地方。我喜欢神户的山，一进去就扑鼻的清香，一股凉爽气侵袭你的肘腋，妙得很。一路上去有卖零星手艺及玩具的小铺子，我和文伯买了两根刻花的手杖。我们到雌雄泷池边去坐谈了一阵，暝色从林木的青翠里浓浓地沁出，飞泉的声响充满了薄暮的空山，这是东方山水独到的妙处。下山到济远寓里小憩，说起洗澡，济远说现在不仅通伯敢于和别的女人一起洗，就是叔华都不怕和别的男性共浴，这是可咋舌的一种文明！

我们要了大葱面点饥，是葱而不臭，颇入味。鲍君为我发电报，只有平安两字，但怕你们还得请教小鹣，因为用日文发要比英文便宜几倍的价钱。出来又吃鳗饭，又为鲍君照相（此摄影大约可见时报）。赶上车，我在船上买的一等票，但此趟急行车只有睡车二等而无一等，睡车又无空位，怕只得坐这一宵了。明早九时才到东京，通伯想必来接。后日去横滨上船，想去日光或箱根一玩，不知有时候否。曼，你想我不？你身体见好不？你无时不在我切念中，你千万保重，处处加爱，你已写信否？过了后天，你得过一个月才得我信，但我一定每天给你写，只怕你现在精神不好，信过长了使你心烦。我知道你不喜我说哲理话，但你知道你哥哥爱是深入骨髓的。我亲吻你一千次。

摩摩

六月十八日

一九二八年七月二日

曼：

不知怎的车老不走了，有人说前面碰了车；这可不是玩，在车上不比在船上，拘束得很，什么都不合适，虽则这车已是再好没有的了。我们单独占一个房间，另花七十美金，你说多贵！

前昨的经过始终不曾说给你听，现在补说吧！

Victoria这是有钱人休息的一个海岛；人口有六七万，天气最好。至热不过八十度，到冷不逾四十，草帽、白鞋是看不见的。住家的房子有很好玩的，各种的颜色玲巧得很；花木哪儿都是，简直找不到一家无花草的人家。这一季尤其各色的绣球花，红白的月季，还有长条的黄花，紫的香草，连绵不断的全是花。空气本来就清。再加花香，妙不可言。街道的干净也不必说。我们坐车游玩时正九时，家家的主妇正铺了床，把被单晾到廊下来晒太阳。送牛奶的赶着空车过去，街上静得很；偶尔有一两个小孩在街心里玩。但最好的地方当然是海滨：近望海里，群岛罗列，白鸟飞翔，已是一种极闲适之景致；远望更佳，夏令配克高峰都是戴着雪帽的，在朝阳里煊耀：这使人尘俗之念，一时解化。我是个崇拜自然者，见此如何不倾倒！游罢去皇后旅馆小憩；这旅馆也大极了，花园尤佳，意是个繁花世界，草地之可爱，更是中国所不可得见。

中午有本地广东人邀请吃面，到一北京楼；面食不见佳，却有一特点：女堂倌是也。她那神情你若见了，一定要笑，我说你听。

> 姑娘是琼州生长的女娃！
> 生来粗眉大眼刮刮叫的英雌相，
> 打扮得像一朵荷花透水鲜，
> 黑绸裙，白丝袜，粉红的绸衫，
> 再配上一小方围腰，
> 她走道儿是玲丁当，

她开口时是有些儿风骚：

一双手倒是十指尖：

她跟你斟上酒又倒上茶……

据说这些打扮得娇艳的女堂倌，颇得洋人的喜欢。因为中国菜馆的生意不坏，她们又是走码头的，在加拿大西美名城子轮流做招待的。她们也会几只山歌，但不是大老板，她们是不赏脸的。下午四时上船，从维多利亚到西雅图，这船虽小，却甚有趣。客人多得很，女人尤多。在船上，我们不说女人没有好看的吗？现在好了，越向内地走，女人好看的似乎越多；这船上就有不少看得过的。但我倦极了，一上船就睡着了。这船上有好玩的，一组女人的音乐队，大约不是俄国便是波兰人吧！打扮得也有些妖形怪气的，胡乱吹打了半天，但听的人实在不如看的人多！船上的风景也好，我也无心看，因为到岸就得检验行李过难关。八时半到西雅图，还好，大约是金问泗的电报，领馆里派人来接，也多亏了他；出了些小费，行李居然安然过去。现在无妨了，只求得到主儿卖得掉，否则原货带回，也够扫兴的不是？当晚为护照行李足足弄了两小时，累得很；一到客栈，吃了饭，就上床睡。不到半夜又醒了，总是似梦非梦的见着你，怎么也睡不着。临睡前额角在一块玻璃角上撞起了一个窟窿，腿上也磕出了血，大约是小晦气，不要紧的，你们放心。昨天早上起来去车站买票，弄行李，离开车尚有一小时。雇一辆汽车去玩西雅图城，这是一个山城，街道不是上，就是下，有的峻险极了，看了都害怕。山顶就一只长八十里的大湖叫 Lake Washington，可惜天阴，望不清。但山里住家可太舒服了。十一时上车，车头是电气的，在万山中开行，说不尽的好玩。但今朝又过好风景，我还睡着错过了！可惜，后天是美国共和纪念日，我们正到芝加哥。我要睡了，再会！妹妹！

摩

七月二日

一九二八年十月四日

爱眉:

久久不写中国字，写来反而觉得不顺手。我有一个怪癖，总不喜欢用外国笔墨写中国字，说不出的一种别扭，其实还不是一样的。昨天是十月三号按阳历是我俩的大喜纪念日，但我想不用它，还是从旧历以八月二十七孔老先生生日那天作为我们纪念的好；因为我们当初挑的本来是孔诞日而不是十月三日，那你有什么意味？昨晚与老李喝了一杯 Cocktail，再吃饭，倒觉得脸烘烘热了一两个钟头。同船一班英国鬼子都是粗俗到万分，每晚不是赌钱赛马，就是跳舞闹，酒间里当然永远是满座的。这班人无一可谈，真是怪，一出国的英国鬼子都是这样的粗伧可鄙。那群舞女（Bawoard Company）不必说，都是那一套，成天光着大腿子，打着红脸红嘴赶男鬼胡闹，淫骚粗丑的应有尽有。此外的女人大半都是到印度或缅甸去传教的一群干瘪老太婆，年纪轻些的，比如那牛津姑娘（要算她还有几分清气），说也真妙，大都是送上门去结婚的，我最初只发见那位牛姑娘（她名字叫 Sidebottom，多难听！）是新嫁娘，谁知接连又发见至九个之多，全是准备流血去的！单是一张饭桌上，就有六个大新娘你说多妙！这班新娘子，按东方人看来也真看不惯，除了真丑的，否则每人也都有一个临时朋友，成天成晚的拥在一起，分明她们良心上也不觉得什么不自然，真是洋人洋气！

我在船上饭量倒是特别好，菜单上的名色总得要过半。这两星期除了看书（也看了十来本书），多半时候就在上层甲板看天看海。我的眼望到极远的天边，我的心也飞去天的那一边。眉你不觉得吗，我每每凭栏远眺的时候，我的思绪总是紧绕在我爱的左右，有时想起你的病态可怜，就不禁心酸滴泪。每晚的星月是我的良伴。

自从开船以来，每晚我都见到月，不是送她西没，就是迎她东升。有

时老李伴着我，我们就看着海天也谈着海天，满不管下层船客的闹，我们别有胸襟，别有怀抱，别有天地！

乖眉，我想你极了，一离马赛，就觉到归心如箭，恨不能一脚就往回赶。此去印度真是没法子，为还几年来的一个愿心，在老头升天以前再见他一次，也算尽我的心。像这样抛弃了我爱，远涉重洋来访友，也可以对得住他的了。所以我完全无意留连，放着中印度无数的名胜异迹，我全不管，一到孟买（Bombay）就赶去 Calcutta 见了老头，再顺路一到大吉岭，瞻仰喜马拉雅的风采，就上船径行回沪。眉眉我心肝，你身体见好否？半月来又无消息，叫我如何放心得下，这信不知能否如期赶到？但是快了，再一个月你我又可交抱相慰的了！

摩的热吻

香港电到时，盼知照我父。

一九二八年十二月十三日

小曼：

到今天才偷着一点闲来写信，但愿在写完以前更不发生打岔。到了北京真是忙，我看人，人看我，几个转身就把白天磨成了夜。先来一个简单的日记吧。

星期六在车上又逢着了李济之大头先生，可算是欢喜冤家，到处都是不期之会。车误了三个钟头，到京已晚十一时。老金、丽琳、瞿菊农，都来站接我：故旧重逢，喜可知也。老金他们已迁入叔华的私产那所小洋屋，和她娘分住两厢，中间公用一个客厅。初进厅老金就打哈哈，原来新月社那方大地毯，现在他家美美的铺着哪。如此说来，你当初有些错冤了王公厂了。丽琳还是那旧精神，开口难么闭口面地有趣。老金长得更丑更蠢更笨更呆更木更傻不离难了！他们一开口当然就问你，直骂我，说什么都是我的不是，为什么不离开上海？为什么不带你去外国，至少上北京？为什么听你在腐化不健康的环境里耽着？这样那样地听说了一大顿，说得我哑口无言。本来是无可说的！丽琳告奋勇她要去上海看看你倒是怎么回事。种种的废话都是长翅膀的，可笑却也可厌。他俩还得向我开口正式谈判哪，可怕！

Emma 已不和他们同住，不合适，大小姐二小姐分了家了。当晚 Emma 也来了，她可也变了样，又老又丑，全不是原先巴黎伦敦丰采，大为扫兴。

第二天星期一，早去协和，先见思成。梁先生的病情谁都不能下断语，医生说希望绝无仅有，神智稍为清宁些，但绝对不能见客，一兴奋病即变相。前几天小便阻塞，过一大危险，亦为兴奋。因此我亦只得在门缝里张望，我张了两次：一次是躺着，难看极了，半只脸只见瘦黑而焦的皮包着骨头，完全脱了形了，我不禁流泪；第二次好些，他靠坐着，和思成说话多少还看出几分新会先生时的神采。昨天又有变相，早上忽发寒热，抖战不止，热度升至四十以上，大夫一无捉摸；但幸睡眠甚好，饮食亦佳。老先生实在是绞枯了脑汁，流干了心血，病发作就难以支持；但也还难说，竟许他还能多延时日。梁大小姐亦尚未到。思成因日前离津去奉，梁先生病已沉重，而左右无人作主，大为一班老辈朋友所责备。彼亦面黄肌瘦，看看可怜。林大小姐则不然，风度无改，涡媚犹圆，谈锋尤健，兴致亦豪：且亦能吸烟卷喝啤酒矣！

星期中午老金为我召集新月故侣，居然尚有二十余人之多。计开：任叔永夫妇、杨景任、熊佛西夫妇、余上沅夫妇、陶孟和夫妇、邓叔存、冯友兰、杨金甫、丁在君、吴之椿、瞿菊农等，彭春临时赶到，最令高兴，但因高兴喝酒即多，以致终日不适，腹绞脑涨，下回自当留意。

星期晚间在君请饭，有彭春及思成夫妇，瞎谈一顿。昨天星一早去石虎胡同蹇老处，并见慰堂，略谈任师身后布置，此公可称以身殉学问者也，可敬！午后与彭春同去清华，见金甫等。彭春对学生谈戏，我的票也给绑上了，没法摆脱。罗校长居然全身披挂，威风凛凛，杀气腾腾，然其太太则十分循顺，劝客吃糖食十分殷勤也。晚归路过燕京，见到冰心女士；承蒙不弃，声声志摩，颇非前此冷傲，异哉。与 P. C. 进城吃正阳楼双脆烧炸肥瘦羊肉，别饶风味。饭后看荀慧生翠屏山，配角除马富禄外，太觉不堪。但慧

生真慧，冶荡之意描写入神，好！戏完即与彭春去其寓次长谈。谈长且畅，举凡彼此两三年来屯聚于中者一齐倾吐无遗，难得！直至破晓，方始入寐，彭春惧一时不能离南开；乃兄已去国，二千人教育责任，尽在九爷肩上。然彭春极想见曼，与曼一席长谈。一月外或可南行一次，我亦极望其能成行也。P. C. 真知你我者，如此知己，仅矣！今日十时去汇业见叔濂，门锁人愁，又是一番景象。此君精神颇见颓丧然言自身并无亏空，不知确否。

午间思成藻孙约饭东兴楼，重尝乌鱼蛋芙蓉鸡片。饭后去淑筠家，老伯未见，见其姬，函款面交。希告淑筠，去六阿姨处，无人在家，仅见黑哥之母（?）。三舅母处想明日上午去，西城亦有三四处朋友也。今晚杨邓请饭，及看慧生全本玉堂春。明晚或可一见小楼小余之八大锤。三日起居注，絮絮述来，已有许多，俱见北京友生之富。然而京华风色不复从前，萧条景象，到处可见，想了伤心。友辈都要我俩回来，再来振作一番风雅市面，然而已矣！

曼！日来生活如何，最在念中，腿软已见除否？夜间已移早否？我归期尚未能定，大约下星四动身。但梁如尔时有变，则或尚须展缓，文伯慰慈已返京，尚未见。文伯麻子今煌煌大要人矣。

堂上均安不另。

汝摩亲吻

星期二

一九二八年十二月二十三日

Darling：车现停在河南境内（陇海路上），因为前面碰车出了事，路轨不曾修好，大约至少得误点六小时，这是中国的旅行。老舍处电想已发出，车到如在半夜，他们怕不见得来接，我又说不清他家的门牌号数，结果或须先下客栈。同车熟人颇多，黄家寿带了一个女人，大概是姨太太之一，他约我住他家，我倒是想去看看他的古董书画。你记得我们有一次在他家吃饭，Obata 请客吗？他的鼻子大得奇怪，另有大鼻子同车，罗家伦校长先生是也。他见了我只是窘，尽说何以不带小曼同行，杀风景，杀风景！要不然就吹他的总司令长，何应钦、白崇禧短，令人处处齿冷。

车上极挤，几乎不得座位，因有相识人多定卧位，得以高卧。昨晚自十时半睡至今日十时，大畅美，难得。地在淮北河南，天气大寒，朝起初见雪花，风来如刺。此一带老百姓生活之苦，正不可以言语形容。同车有熟知民间苦况者，为言民生之难堪；如此天时，左近乡村中之死于冻饿者，正不知有多少。即在车上望去，见土屋墙壁破碎，有仅盖席子作顶，聊蔽风雨者。人民都面有菜色，镶手寒战，看了真是难受。回想我辈穿棉食肉，居处奢华，尚嫌不足，这是何处说起。我每当感情动时，每每自觉惭愧，总有一天我也到苦难的人生中间去尝一分甘苦；否则如上海生活，令人筋骨衰腐，志气消沉，哪还说得到大事业！

眉，愿你多多保重，事事望从远处从大处想，即便心气和平，自在受用。你的特长即在气宽量大，更当以此自勉。我的话，前晚说的，千万常常记得，切不可太任性。盼有来信。

汝摩

星期五

爸娘前请安，临行未道别为罪。

一九三一年三月二十二日

至爱眉：

前日发长函后，未曾得信。昨今两日特别忙，我说你听听：昨功课完后，三个地方茶会，又是外国人。你又要说顶不喜欢外国人，但北京有几个外国人确是并不讨厌，多少有学问，有趣味，所以你也不能一笔抹煞。你的洋人的印象多半是外交人员，但这不能代表的。昨晚又是我们二周聚餐同志的会期，先在丽琳处吃茶，后去玉华台吃饭，商量春假期内去逛长

城十三陵或坛旃寺。我最想去大觉寺看数十里的杏花。王叔鲁本说请我去，不知怎样。饭后又去白宫跳舞场，遇见赫哥及小瑞一家，我和丽琳跳了几次：她真不轻，我又穿上丝绵，累得一身大汗。有一舞女叫绿叶，颇轻盈，极红。我居然也占着了一次，化了一元钱。北京真是一天热闹似一天，如果小张再来，一定更见兴隆，虽则不定是北京之福。今天星期，上午来不少客，燕京清华都来请讲演。新近有胡先骕者又在攻击新诗，他们都要我出来辩护，我已答应。大约月初去讲。这一开端，更得见忙，然亦无法躲避，尽力做去就是。下午与丽琳去中央公园看圆明园遗迹展览，遇见不少朋友。牡丹已渐透红芽，春光已露。四时回史家胡同性仁 Rose 来茶谈演戏事。性仁因孟和在南京病，明日南下。她如到上海，许去看你，又是一个专使。Rose 这孩子真算是有她的，前天骑马闪了下来，伤了背腰。好！她不但不息，玩得更疯，当晚还去跳舞，连着三天照样忙可算是 Plucky 之极。方才到六点钟，又有一个年轻洋人开车来接她。海不久回来，听说派了京绥路的事。R 演说她的闺房趣事，有声有色，我颇喜欢她的天真。但丽琳不喜欢她，我总觉得人家心胸狭窄，你以为怎样？七时我们去清水吃东洋饭。又是 Miss Richard 和 Miss Jones。饭后去中和，是我点的戏，尚和玉的铁龙山，风卿文昭关，梅的头二本霓虹关。我们都在后台看得很高兴。头本戏不好，还不如孟丽君。慧生、艳琴、姜妙香，更其不堪。二本还不错，这是我到此后初次看戏。明晚小楼又有戏（上星期有落马湖、安天会），但我不见能去。眉眉，北京实在是比上海有意思得多，你何妨来玩玩。我到此不满一月，渐觉五官美通，内心舒泰；上海只有销蚀筋骨，一无好处。我雕像有相片，你一定说不像，但要记得“他”没有戴上眼镜。你可以给洵美小鹣看看。眉眉，我觉得离家已有十年，十分想念你。小蝶他们来时你同来不好吗？你不在，我总有些形单影只，怪不自然的。请你写信硖石问两件事：一丽琳那包衣料；二我要新茶叶。

你的丈夫摩

二十二日

一九三一年四月一日

贤妻如吻：

多谢你的工楷信，看过颇觉爽气。小曼奋起，谁不低头。但愿今后天佑你，体健日增。先从绘画中发见自己本真，不朽事业，端在人为。你真能提起勇气，不懈怠，不间断的做法，不患不成名。但此时只顾培养功力，切不可容丝毫骄矜。以你聪明，正应取法上上，俾能于线条彩色间见真性情，非得人不知而不愠，未是君子。展览云云，非多年苦工以后谈不到。小曼聪明有余，毅力不足，此虽一般批评，但亦有实情。此后务须做到一毅字，拙夫不才，期相共勉。画快寄来，先睹为幸。此祝

进步！

摩

四月一日

一九三一年四月九日

爱眉：

昨晚打电话后，母亲又不甚舒服，亦稍气喘，不绝呻吟。我二时睡，天亮醒回。又闻呻吟，睡眠亦不甚好。今日似略有热度，昨日大解，又稍进烂面或有关系。我等早八时即全家出门去沈家浜上坟，先坐船出市不远，即上岸走。蒋姑母谷定表妹亦同行。正逢乡里大迎神会。天气又好，遍里垅，尽是人。附近各镇人家亦雇船来看，有桥处更见拥挤。会甚简陋，但乡人兴致极高，排场亦不小。田中一望尽绿，忽来千百张红白绸旗。迎风飘舞，婉蜒进行，长十丈之龙。有七八彩砌，楼台亭阁，亦见十余。有翠香寄柬、天女散花、三戏牡丹、吕布貂蝉等彩扮。高跷亦见，他有三百六十行，彩扮至趣。最妙者为一大白牯牛，施施而行，神气十足。据云此公

须尽白烧一坛，乃肯随行。此牛殊有古稀风味，可惜未带照相器，否则大可留些印象。此时方回，明后日还有迎会。请问洵美有兴致来看乡下景致否，亦未易见到；借此来硖一次何如。方才回镇，船傍岸时，我等俱已前行。父亲最后，因篙支不稳仆倒船头，幸未落水。老人此后行动真应有人随侍矣。今晚父亲与幼仪、阿欢同去杭州。我一人留此伴母，可惜你行动不能自由，梵皇渡今亦有检查，否则同来侍病，岂不是好？洵美诗你已寄出否？明日想做些工，肩负过多，不容懒矣。你昨晚睡得好否？牙如何？至念！回头再通电，你自己保重！

摩

四月九日星期四

一九三一年六月十四日

我至爱的老婆：

先说几件事，再报告来平后行踪等情。第一，文伯怎么样了？我盼着你来信，他三弟想已见过，病情究竟有甚关系否？药店里有一种叫茵陈，可煮当水喝，甚利于黄病。仲安确行。医治不少黄。他现在北平，伺候副帅。他回沪定为他调理如何？只是他是无家之人，吃中药极不便，梦绿家或我家能否代煎？盼即来信。

第二是钱的问题，我是焦急得睡不着。现在第一盼望节前发薪，但即节前有，寄到上海，定在节后。而二百六十元期转眼即到，家用开出支票，连两个月房钱亦在三百元以上，节还不算。我不知如何弥补得来？借钱又无处开口。我这里也有些书钱、车钱、赏钱，少不了一百元。真的踌躇极了。本想有外快来帮助，不幸目前无一事成功，一切飘在云中，如何是好？钱是真可恶，来时不易，去时太易。我自阳历三月起，自用不算，路费等等不算，单就付银行及你的家用，已有二千零五十元。节上如再寄四百五十元，正合二千五百元，而到六月底还只有四个月，如连公债果能抵得四百元，那就有三百元光景，按五百元一月，应该尽有富余，但内中不幸又夹有债项。你上节的三百元，我这节的二百六十元，就去了五百六十元，结果拮据得手足维艰。此后又与老家说绝，缓急无可通融。我想想，我们夫妻俩真是醒起才是！若再因循，真不是道理。再说我原许你家用及特用每月以五百元为度。我本意教书而外，另有翻译方面二百可恃，两样合起，平均相近六百，总还易于维持。不想此半年各事颠倒，母亲去世，我奔波往返，如同风里篷帆。身不定，心亦不定。莎士比亚更如何译得？结果仅有学校方面五百多，而第一个月又被扣了一半。眉眉亲爱的，你想我在这情形下，张罗得苦不苦？同时你那里又似乎连五百都还不够用似的，那叫我怎么办？我想好好和你商量，想一长久办法，省得拔脚窝脚老是不得干净。家用方面，一是屋子，二是车子，三是厨房：这三样都可以节省。照我想一切家用此后非节到每月四百，总是为难。眉眉，你如能真心帮助我，应得替我想法子，我反正如果有余钱，也决不自存。我靠薪水度日，当然梦想不到积钱，唯一希冀即是少债，债是一件 degrading and humiliating thing。眉，你得知道有时竟连最好朋友都会因此伤到感情的，我怕极了的。

写至此，上沅夫妇来打了一岔，一岔真岔到下午六时。时间真是不够支配。你我是天成的一对，都是不懂得经济，尤其是时间经济。关于家务的节省，你得好好想一想，总得根本解决车屋厨房才是。我是星四午前到的，午后出门。第一看奚若，第二看丽琳叔华。叔华长胖了好些，说是个有孩子的母亲，可以相信了。孩子更胖，也好玩，不怕我，我抱她半天。我近来也颇爱孩子，有伶俐相的，我真爱。我们自家不知到哪天有那福气，做爸妈抱孩子的福气。听其自然是不成的，我们都得想法，我不知你肯不肯。我想你如果肯为孩子牺牲一些，努力戒了烟，省得下来的是大烟里。哪怕孩子长成到某种程度，你再吃。你想我们要有，也真是时候了。现在阿欢已完全与我不相干的了。至少我们女儿也得有一个，不是？这你也得想想。

星期四下午又见杨今甫，听了不少关于俞珊的话。好一位小姐，差些一个大学都被她闹散了。梁实秋也有不少丑态，想起来还算咱们露脸，至少不曾闹什么话柄。夫人！你的大度是最可佩服的。北京最大的是清华问题，闹得人人都头昏。奚若今天走，做代表到南京，他许去上海来看你，你得约洵美请他玩玩。他太太也闹着要离家独立谋生去，你可以问问他。

星期五午刻，我和罗隆基同出城。先在燕京，叔华亦在。从文亦与我们同去香山看徽音，她还是不见好，新近又发了十天烧，人颇疲乏。孩子倒极俊，可爱得很，眼珠是林家的，脸盘是梁家的。昨在女大，中午叔华请吃鲥鱼蜜酒，饭后谈了不少话，吃茶。有不少客来，有 Rose，熊光着脚不穿袜子，海也不回来了，流浪在南方已有十个月，也不知怎么回事。她亦似乎满不在意，真怪。昨晚与李大头在公园，又去市场看王泊生戏，唱逍遥津，大气磅礴，只是有气少韵。座不甚佳，亦因配角大乏之故。今晚唱探母，公主为一民国大学生，唱得还对付，貌不佳。他想搭小翠花，如成，倒有希望叫座。此见下海亦不易。说起你们唱戏，现在我亦无所谓了。你高兴，只有俦伴合式，你想唱无妨，但得顾住身体。此地也有捧雪艳琴的。有人要请你做文章。昨天我不好受，头腹都不适。冰淇淋吃太多了。今天上午余家来，午刻在沙菲家，有叔华、冰心、今甫、性仁等，今晚上沅请客，应酬真厌人，但又不能不去。

说你的画，叔华说原卷太差，说你该看看好些的作品。老金、丽琳张大了眼，他们说孩子是真聪明，这样聪明是糟了可惜。他们总以为在上海是极糟，已往确是糟，你得争气，打出一条路来，一鸣惊人才是。老邓看了颇奈，他拿付裱，裱好他先给题，杏佛也答应题，你非得加倍用功小心。光娘的信到了，照办就是。请知照一声，虞裳一百二十五元送来否？也问一声告我。我要走了，你得勤写信。乖！

你的摩

十四日

一九三一年十月一日

宝贝：

一转眼又是三天。西林今日到沪，他说一到即去我家。水果恐已不成模样，但也是一点意思。文伯去时你有石榴吃了。他在想带些什么别致东西给你。你如想什么？快来信，尚来得及。你说要给适之写信，他今日已南下，日内可到沪。他说一定去看你。你得客气些，老朋友总是老朋友，感情总是值得保存的。你说对不？少蝶处五百两，再不可少，否则更僵。原来他信上也说两，好在他不在这“两”“元”的区别，而于我们却有分寸；可老实对他说，但我盼望这信到时，他已为我付银行。请你写个条子叫老何持去兴业（静安寺路）银行，向锡璜，问他我们账上欠多少？你再告诉我，已开出节账，到那天为止，共多少？连同本月的房钱一共若干？还有少蝶那笔钱也得算上，如此连家用到十月底尚须归清多少，我得有个数。账再来设法弥补，你知道我一连三月，共须扣去三百元。大雨那里共三百元，现在也是无期搁浅，真是不了。你爱我，在这窘迫时能替我省，我真感谢。我但求立得直，以后即要借钱也没有路了，千万小心。我这几天上课应酬颇忙。我来说给你听：星期一晚上有四个饭局之多。南城、北城、东城都有，奔煞人。星期二徽音山上下来，同吃中饭，她已经胖到九十八磅。你说要不要静养，我说你也得到山上去静养，才能真的走上健康的路。上海是没有办法的。我看样子，徽音又快有宝宝了。

星二晚，适之家饯西林行，我冻病了。昨天又是一早上课。饭后王叔鲁约去看房子，在什坊院。我和慰慈同去。房子倒是全地板，又有澡间；

但院子太小，恐不适宜，我们想不要。并且你若一时不来，我这里另开门户，更增费用，也不是道理。关了房子，去协和，看奚若。他的脚病又发作了，不能动。又得住院两星期。可怜！晚上□□等在春华楼为适之饯行。请了三四个姑娘来，饭后被拉到胡同。对不住，好太太！我本想不去，但□□说有他不妨事。□□病后性欲大强，他在老相好鹣鹣外又和一个红弟老七生了关系。昨晚见了，肉感颇富。她和老三是一个班子，两雌争□□，醋气勃勃，甚为好看。今天又是一早上课，下午睡了一晌。五点送适之走。与杨亮功、慰慈去正阳楼吃蟹，吃烤羊肉。八时又去德国府吃饭。不想洋鬼子也会逛胡同，他们都说中国姑娘好。乖，你放心！我决不沾花惹草。女人我也见得多，谁也没有我的爱妻好。这就叫做曾经沧海难为水，除却巫山不是云。我每天每夜都想你，一晚我做梦，飞机回家，一直飞进你的房，飞上你的床，小鸟儿就进了巢也，美极！可惜是梦。想想我们少年夫妻分离两地，实在是不对。但上海决不是我们住的地方。我始终希望你能搬来共同享些闲福，北京真是太美了，你何必沾恋上海呢？大雨的事弄得极糟。他到后，师大无薪可发，他就发脾气，不上课，退还聘书。他可不知道这并非亏待他一人，除了北大基金教授每月领薪，此外人人都得耐心等。今天我劝了他半天，他才答应去上一星期的课；因为他如果完全不上课，那他最初领的二百元都得还，那不是更糟。他现住欧美同学会，你来个信劝劝他，好不好？中国哪比得外国，万事都得将就一些。你说是不是？奚若太太一件衣料，你得补来，托适之带，不要忘了。她在盼望的。再有上月水电，我确是开了。老何上来，从笔筒下拿去了；我走的那天或是上一天，怎说没有。老太爷有回信没有？我明天去燕京看君劢。我要睡了。乖乖！

我亲吻你的香肌。

你的“愚夫”摩摩

（选自《爱眉小札》、《致陆小曼信六十一通》）

《眉轩琐语》选

（一九二六年）八月

去年的八月：在苦闷的齿牙间过日子；一整本呕心血的日记，是我给眉的一种礼物，时光改变了一切，却不曾抹煞那一点子心血的痕迹，到今天回看时，我心上还有些怔怔的。日记是我这辈子——我不知叫它什么好；每回我心上觉着晃动，口上觉着苦涩，我就想起它。现在情景不同，不仅脸上笑容多，心花也常常开着的。我们平常太容易诉愁诉苦了，难得快活时，倒反不留痕迹。我正因为珍视我这几世修来的幸运，从苦恼的人生中伸出了头，比做一品官，发百万财，乃至身后上天堂，都来得宝贵，我如何能噤默。人说诗文穷而后工，眉也说我快活了做不出东西，我却老大的不信，我要做个样儿给他们看看——快活人也尽有出息的。

顷翻看宗孟遗墨，如此灵秀，竟遭横折，忆去年八月间（夏历六月十七日）宗孟来，挈眉与我同游南海，风光谈笑，宛在目前，而今不可复得，怅惘何可胜言。

去年今日自香山归，心境殊不平安，记如下：“香山去只增添，加深我的懊丧与惆怅，眉，没有一分钟过去不带着想你的痴情。眉，上山，听泉，折花，眺远，看星，独步，嗅草，捕虫，寻梦——哪一处没有你，眉，哪一处不惦着你，眉，哪一个心跳不是为着你，真！”另一段：“这时候各人有各人的看法，……有绝对怀疑的，有相对怀疑的！有部分同情的，有完全同情的（那很少，除是老金）；有嫉忌的，有阴谋破坏的（那最危险）；

有肯积极助成的，有愿消极帮忙的……都有，但是，眉；听着，一切都跟着你我自身走；只要你我有志气，有意志，有勇敢，加在一个真的情爱上，什么事不成功，真的！”这一年来高山深谷，深谷高山，好容易走上了平阳大道，但君子居安不忘危，我们的前路，难保不再有阻碍，这辈子日子长着哩。但是去年今天的话依旧合用：“只要你我有意志，有志向，有勇气，加在一个真的情爱上，什么事不成功，真的。”

这本日记，即使每天写，也怕至少得三个月才写得满，这是说我们的蜜月也包括在内了。但我们为什么一定得随俗说蜜月？爱人们的生活哪一天不是带蜜性的，虽则这并不除去苦性？彼此的真相知，真了解，是蜜性生活的条件与秘密，再没有别的了。

九月十日

国民饭店三十七号房：眉去息游别墅了，仲述一忽儿就来。方才念着莎士比亚 Like as the waves make toward the pebbled shore 那首叹光阴的《桑内德》，尤其是末尾那两行，使我憬然有所动于衷，姑且翻开这册久经疏忽的日记来，给收上点儿糟粕的吧。小德小惠，不论多么小，只要是德是惠，总是着落的；华茨华斯所谓 Little Kindnesses 别轻视它们，它们各自都替你分担着一部分，不论多微细，人生压迫性的重量。“我替你拿一点吧，你那儿太沉了”；他即使在事实上并没有替你分劳（不是他不，也不是你不让：就为这劳是不能分的）。他说这话就够你感激。

昨天离北京，感想比往常的迥绝不同。身边从此有了一个人——究竟是一件大事情，一个大分别：高车外望望，一群带笑容往上仰的可爱的朋友们的脸盘，回身看看，挨着你坐着的是你这一辈子的成绩，归宿。这该你得意，也该你出眼泪，——前途是自由吧？为什么不？

九月十九日

今天是观音生日，也是我眉儿的生日，回头家里几个人小叙，吃斋吃面，眉因昨夜车险吃唬，今朝还有些怔怔的，现在正睡着，歇忽儿也该好了。昨夜菱清说的话要是对，那眉儿你且有得些不舒泰呢。

这年头大彻大悟是不会有的，能有的是平淡之气发动的时候的一点子“内不得于己”。德生看相后又有所警惕于中，在剧院中就发议论，一夜也没有睡好。清早起来就写信给他忘年老友霍尔姆士，他那诚挚激奋的态度，着实使我感动。“我喜欢德生，”老金说，“因为他里面有火。”霍尔姆士上一次信也这么说来。

德生说我们现在都在堕落中，这样的朋友只能叫做酒肉交，彼此一无灵感，一无新生机，还谈什么“作为”，什么事业。

蜜月已经过去，此后是做人家的日子了。回家去没有别的希冀，除了清闲，译书来还债是第一件事，此外就想做到一个养字。在上养父母（精神的，不是物资的，）与眉养我们的爱，自己养我的身与心。

首次在沪杭道上看见黄熟的稻田与错落的村舍在一碧无际的天空下静着，不由的思想上感着一种解放：何妨赤了足，做个乡下人去，我自己想，但这暂时是做不到的，将来也许真有“退隐”的那一天。现在重要的事情是，前面说过的养字，对人对己的尽职，我身体也不见佳，像这样下去法

没有余力可以做事，我着实有了觉悟，此去乡下，我想找点儿事做。我家后面那园，现在糟得不堪，我想去收拾它，好在有老高与家麟帮忙，每天花它至少两个钟头，不是自己动手就督饬他们弄干净那块地，爱种什么就种什么，明年春天可以看自己手种的花，明年秋天也许可以吃到自己手植的果，那不有意思？至于我的译书工作我也不奢望，每天只想出产三千字左右，只要有恒，三两月下来一定很可观的。三千

字可也不容易，至少也得花上五六个钟头，这样下来已经连念书的时候都叫侵了。

十月二十七日

我想在冬至节独自到一个偏僻的教堂里去听几首圣诞的和歌，但我却穿上了臃肿的袍服上舞台去串演不自在的“腐”剧。我想在霜浓月淡的冬夜独自写几行从性灵暖处来的诗句，但我却跟着人们到涂腊的跳舞厅去艳羡仕女们发金光的鞋袜。

十二月二十八日

投资到“美的理想”上去，它的利息是性灵的光彩，爱是建设在相互的忍耐与牺牲上面的。

送曼年礼——曼殊斐儿的日记，上面写着“一本纯粹性灵所产生，亦是为纯粹性灵而产生的书”——一九二七：一个年头你我都想着要它早些完。

读高尔士华绥的《西班牙的古堡》。

麦雷的《Adlphi》月刊已由九月起改成季刊。他的还是不懈的精神，我怎不愧愤？

再过三天是新年，生活有更新的希望不？

（一九二七年）一月六日

小病三日，拔牙一根，吃药三煎。睡昏昏不计钟点，亦不问昼夜。乍起怕冷懒，东偎西靠，被小曼逼下楼来，穿大皮袍，戴德生有耳大毛帽，一手托腮，勉强提笔，笔重千钧，新年如此，亦苦矣哉。

适之今天又说这年是个大转机的机会。为什么？

各地停止民众运动，我说政府要请你出山，他说谁说的，果然的话，我得想法不让他们发表。

轻易希冀轻易失望同是浅薄。

费了半个钟头才洗净了一支笔。

男子只有一件事不知厌倦的。

女人心眼多，心眼儿小，男人听不惯她们的说话。

对不对像是分一个糖塔饼，永远分不净匀。

爱的出发点不定是身体，但爱到了身体就到了顶点。厌恶的出发点，也不一定是身体，但厌恶到了身体也就到了顶点。

梅勒狄斯写 Egoist，但这五十年内，该有一个女性的 Sir Willoughby 出现。

最容易化最难化的是一样的东西——女人的心。

朋友走进你屋子东张西望时，他不是诚意来看你的。

怀疑你的一到就说事情忙着赶快得走的朋友。

老傅来说我下回再有诗集他替作序。

过去的日子只当得一堆灰，烧成的灰，字迹都见不出一个。

我唯一的引诱是佛，它比我大得多，我怕它。

今年我要出一本文集、一本诗集、一本小说、两篇戏剧。

正月初七称重一百三十六磅（连长毛皮袍），曼重九十。

昨夜大雪，瑞午家初次生火。

顷立窗间，看邻家园地雪意。转瞬间忆起贝加尔湖雄踞群峰。小瑞士严稿梨梦湖上的少女和苏格兰的雾态。

三月十七日

清明日早回硖石，下午去蒋姑母家。次晨早四时复去送徐帏。十时与曼坐小船下乡去沈家滨扫墓，采桃枝，摘薰花菜，与乡下姑子拉杂谈话。阳光满地，和风满裾，至足乐也。下午三时回硖，与曼步行至老屋，破乱不堪，甚至异感，森姪颇秀，此子长成，或可继一脉书香也。

次日早车去杭，寓清华湖。午后到即与瑞午步游孤山。偶步山后，发见一水潭浮红涨绿，俨然织锦，阳光自林隙来，附丽其上，益增娟媚。与曼去三潭印月，走九曲桥，吃藕粉。

三月十八日

次日游北山，西冷新塔殊陋。玉泉鱼似不及从前肥。曼告奋勇。自灵隐捷步上山，达韬光，直登观潮亭，撷一茶花而归。冷泉亭大吃辣酱豆腐干，有挂香袠老婆子三人，即飞来峰下褐裾而私，殊亵。

与瑞午议月下游湖，登峰看日出。不及四时即起，约仲龄父子同下湖而月已隐。云暗木黑，凉露沾襟，则扣舷杂唱；未达峰，东方已露晓，雨亦涔涔下。瑞欲缩归，扶之赴峰，直登初阳台，瑞色苍气促，即石条巷卧如猥，因与仲龄父子捷足攀上将军岭，望宝俶南山北山，皆奥昧入云，不可辨识。骤雨欲来，俯视则双堤画水，树影可鉴，阮墩尤珠围翠绕，潋滟湖心，虽不见初暾，亦足豪已，既吐纳清高，急雨已来，遥见黄狗四条，施施然自东而西，步武井然，似亦取途初阳自矜逸兴者，可噱也。因雨猛，趋山半亭小憩看雨，带来白玫瑰一瓶，无杯器，则即擎瓶直倒，引吭而歌，殊乐。忽举头见亭颜悬两联，有“雨后山光分外清”句，共讶其巧合。继拂碑看字，则为瑞午尊人手笔，益喜，因摹几字携归，亦一纪念。

下山在新新早餐，回寓才八时。十时过养默来，而雨注不停，曼颇不馁，即命舆出游。先吊雷峰遗迹，冒雨跻其颠而赏景焉。继至白云庵拜月老求签，翁家山石屋小坐，即上烟霞，素餐至佳，饭毕已三时。天时冥晦，雨亦弗住，顾游兴至感勃勃，翻岭下龙井，时风来骤急，揭瑞舆顶，伕子几仆。龙井已十年不到，泉清林旺，福地也。自此转入九溪，如入仙境，翠岭成屏，茶丛嫩芽初吐，鸣禽相应，婉转可听。尤可爱者则满山杜鹃花。鲜红照眼，如火如荼，曼不禁狂喜，急呼采采。迈步上坡，蹶亦弗顾，卒集得一大束，扦戴满头，抵理安天已阴黑，楠林深郁，高扦云天，到此吐纳自清，胸襟解豁。有身长眉秀之僧人自林里走出，殷勤招客入寺吃茶，以天晚辞去。寺前新矗一董太夫人经塔，奇丑，最煞风景，此董太夫人该入地狱。回寓已七时半。

适之游庐山三日，作日记数万言，这一个“勤”字亦自不易。他说看了江西内地，得一感想，女性的丑简直不是个人样，尤其是金莲三寸，男性造孽，真是无从说起，此后须有一大改变才有新机：要从一把女性当牛马的文化转成一男性自愿为女性做牛马的文化。适之说男人应尽力赚出钱来为女人打扮，我说这话太革命性了。邹恩润都怕有些不敢刊入名言录了！

有天鹅绒悲哀的疑古玄同，有时确是疯得有趣。

四月十四日

下午去龙华看桃花，到塔前为止，看不到半树桃花，废然返车（桃花在新龙华）。入半淞园摄景，风沙涂面，半不像人。

母亲今晚到，寓范园。

琬子常嚷头疼，昨去看医，说先天带来的病，不即治且不治，淑筠今日又带去中医处，说话更凶，孩子们不可太聪慧了。

曼说她妹子慧绝美绝，她自己只是个痴孩子（曼昨晚又发跳病痒病，口说大脸的四金刚来也！真是孩子）。

案上插了一枝花便不寂寞。最宜人是月移花影上窗纱。

四月二十日

是春倦吗，这几天就没有全醒过，总是睡昏昏的。早上先不能醒，夜间还不曾动手做事，瞌睡就来了。脑筋里几乎完全没有活动，该做的事不做，也不放在心上，不着急，逛了一次西湖反而逛呆了似的。想做诗吧，别说诗句，诗意都还没有影儿，想写一篇短文吧，一样的难，羞些日记都不会写了。昨晚写信只觉得一种懈惰在我的筋骨里，使得我在说话上只选抵抗力最小的道儿走。字是不经挑择的，句是没有法则的，更说不上章法什么，回想先前的行礼是怎么写的，这回真有些感到不如从前了。

难道一个诗人就配颠倒在苦恼中，一天逸豫了就不成吗？而况像我的生活何尝说得到逸豫？只是一样，绝对的苦恼确是没有了的，现在我一不是攀登高山，二不是疾驰峻坂，我只是在平坦的道上安步徐行，这是我感到闭塞的一个原因。

天目的杜鹃已经半萎，昨寄三朵给双佳娄。

我的墨池中有落红点点。

译哈代八十六岁自述一首，小曼说还不差，这一夸我灵机就动，又做得了一首。

残　春

昨天我瓶子里斜插着的桃花，
是朵朵媚笑在美人的腮边挂；
今儿它们全低了头，全变了相——
红的白的尸体倒悬在青条上。
窗外的风雨报告残春的命运，
表钟似的音响在黑夜里叮咛：
“你生命的瓶子里的鲜花也变
了样，艳丽的尸体，等你去收敛！”

（写于一九二六年八月至翌年四月，选自《志摩日记》）

倾听徐志摩

·怀念亲朋故友·

我的祖母之死

一

一个单纯的孩子，
过他快活的时光，
兴冲冲的，活泼泼的，
何尝识别生存与死亡？

这四行诗是英国诗人华茨华斯（William Wordsworte）一首有名的小诗叫做“我们是七人”（We are seven）的开端，也就是他的全诗的主意。这位爱自然，爱儿童的诗人，有一次碰着一个八岁的小女孩，发卷蓬松的可爱，他问她兄弟姊妹共有几人，她说我们是七个，两个在城里，两个在外国，还有一个姊妹一个哥哥，在她家里附近教堂的墓园里埋着。但她小孩的心里，却不分清生与死的界限，她每晚携着她的干点心与小盘皿，到那墓园的草地里，独自的吃，独自的唱，唱给她的在土堆里眠着的兄姊听，虽则他们静悄悄的莫有回响，她烂漫的童心却不曾感到生死间有不可思议的阻隔；所以任凭华翁多方的譬解，她只是睁着一双灵动的小眼，回答说：

“可是，先生，我们还是七人。”

二

其实华翁自己的童真，也不让那小女孩的完全。他曾经说：“在孩童时期，我不能相信我自己有一天也会得悄悄的躺在坟里，我的骸骨会得变成尘土。”又一次他对人说：“我做孩子时最想不通的，是死的这回事将来也会得轮到我自己身上。”

孩子们天生是好奇的，他们要知道猫儿为什么要吃耗子，小弟弟从哪里变出来的，或是究竟先有鸡还是先有鸡蛋；但人生最重大的变端——死的现象与实在，他们也只能含糊的看过，我们不能期望一个个小孩子们都是搔头穷思的丹麦王子。他们临到丧故，往往跟着大人啼哭；但他只要眼泪一干，就会到院子里踢毽子，赶蝴蝶，即使在屋子里长眠不醒了的是他们的亲爹或亲娘，大哥或小妹，我们也不能盼望悼死的悲哀可以完全翳蚀了他们稚羊小狗似的欢欣。你如其对孩子说，你妈死了，你知道不知道——他十次里有九次只是对着你发呆；但他等到要妈叫妈，妈偏不应的时候，他的嫩颊上就会有热泪流下。但小孩天然的一种表情，往往可以给人们最深的感动。我生平最忘不了的一次电影，就是描写一个小孩爱恋已死母亲的种种天真的情景。她在园里看种花，园丁告诉她这花在泥里，浇下水去，就会长大起来。那天晚上天下大雨，她睡在床上，被雨声惊醒了，忽然想起园丁的话，她的小脑筋里就发生了绝妙的主意。她偷偷的爬出了床，走下楼梯，到书房里去拿下桌上供着的她死母的照片，一把揣在怀里，也不顾倾倒着的大雨，一直走到园里，在地上用园丁的小锄掘松了泥土，把她怀里的亲妈，谨慎的取了出来，栽在泥里，把松泥掩护着，她做完了工就蹲在那里守候，穿着白色的睡衣，在深夜的暴雨里，蹲在露天的地上，专心笃意的盼望已经死去的亲娘，像花草一般，从泥土里发长出来！

三

我初次遭逢亲属的大故，是二十年前我祖父的死，那时我还不满六岁。那是我生平第一次可怕的经验，但我追想当时的心理，我对于死的见解也不见得比华翁的那位小姑娘高明。我记得那天夜里，家里人吩咐祖父病重，他们今夜不睡了，但叫我和我的姊妹先上楼睡去，回头要我们时他们会来

叫的。我们就上楼去睡了，底下就是祖父的卧房，我那时也不十分明白，只知道今夜一定有很怕的事。有火烧，强盗抢，做怕梦一样的可怕。我也不十分睡着，只听得楼下的急步声，碗碟声，唤婢仆声。隐隐的哭泣声，不息的响着。过了半夜，他们上来把我从睡梦里抱了下去，我醒过来只听得一片的哭声，他们已经把长条香点起来，一屋子的烟，一屋子的人，围拢在床前，哭的哭，喊的喊，我也捱了过去，在人丛里偷看大床里的好祖父。忽然听说醒了醒了，哭喊声也歇了，我看见父亲趴在床里，把病父抱持在怀里。祖父倚在他的身上，双眼紧闭着，口里衔着一块黑色的药物，他说话了，很清的声音，虽则我不曾听明他说的什么话，后来知道他经过了一阵昏晕，他又醒了过来对家人说："你们吃吓了，这算是小死。"他接着又说了好几句话，随讲音随低，呼气随微，去了，再不醒了，但我却不曾亲见最后的弥留，也许是我记不起，总之我那时早已跪在地板上，手里擎着香，跟着大家高声的哭喊了。

四

此后我在亲戚家收殓虽则看得不少，但死的实在的状况却不曾见过。我们念书人的幻想是比较的丰富，但往往因为有了幻想力，就不管生命现象的实在，结果是书呆子，陆放翁说的"百无一用是书生"，人生的范围是无穷的：我们少年时精力充足什么都不怕尝试，只愁没有出奇的事情做，往往抱怨这宇宙太窄，青天太低，大鹏似的翅膀飞不痛快，但是……但是平心的说，且不论奇的，怪的，特别的，离奇的，我们姑且试问人生里最基本的事实，最单纯的，最普遍的，最平庸的，最近人情的经验，我们究竟能有多少的把握，我们能有多少深彻的了解，我们是否都亲身经历过？譬如说：生产，恋爱，痛苦，悲，死，妒，恨，快乐，真疲倦，真饥饿，渴，毒焰似的渴，真的幸福，冻的刑罚，忏悔，种种的情热。我可以说，我们平常人生观，人类，人道，人情，真理，哲理，本能等等名词不离口吻的念书人们，什么文学家，什么哲学家——关于真正人生基本的事实的实在，知道的——恐怕是极微至鲜，即便不等于圆圈。我有一个朋友，他和夫人的感情极厚，一次他夫人临到难产，因为在外国，所以进医院什么都得他自己照料，最后医生宣言只有用手术一法，但性命不能担保，他没有法子，只好和他半死的夫人诀别（解剖时亲属不准在旁的）。满心毒魔似的难受，他出了医院，走在道上，走上桥去，像得了离魂病似的，心脉舂臼似的跳着，最后他听着了教堂和缓的钟声，他就不自主的跟着钟声，进了教堂，跟着在做礼拜的跪着，祷告，忏悔，祈求，唱诗，流泪（他并不是信教的人），他这样的捱过时刻，后来回转医院时，一步步都是残酷的磨难，比上行刑场的犯人，加倍的难受，他怕见医生与看护妇，仿佛他的运命是在他们的手掌里握着。事后他对人说："我这才知道了人生一点子的意味！"

五

所以不曾经历过精神或心灵的大变的人们，只是在生命的户外徘徊，也许偶尔猜想到几分墙内的动静，但总是浮的浅的，不切实的，甚至完全是隔膜的。人生也许是个空虚的幻梦，但在这幻象中，生与死，恋爱与痛苦，毕竟是陡起的奇峰，应得激动我们彷徨者的注意，在此中也许有可以感悟到一些幻里的真，虚中的实，这浮动的水泡不曾破裂以前，也应得饱吸自由的日光，反射几丝颜色！

我是一只不羁的野狗，我往往纵容想象的猖狂，诡辩人生的现实：比如凭借凹折的玻璃，觉察当前景色。但时而复再，我也能从烦嚣的杂响中听出清新的乐调，在眩耀的杂彩里，看出有条理的意匠。这次祖母的大故，老家庭的生活，给我不少静定的时刻，不少深刻的反省。我不敢说我因此感悟了部分的真理，或是取得了若干的智慧；我只能说我因此与实际生活更深了一层的接触，益发激动我对于人生种种好奇的探讨，益发使我惊讶这迷谜的玄妙，不但死是神奇的现象，不但生命与呼吸是神奇的现象，就连日常的生活与习惯与迷信，也好像放射着异样的光闪，不容我们擅用一

两个形容词来概状，更不容我们倡言什么主义来抹煞——一个革新者的热心，碰着了实在的寒冻！

六

我在我的日记里翻出一封不曾写完不曾付寄的信，是我祖母死后第二天的早上写的。我那时在极强烈的极鲜明的时刻内，很想把那几日经过感想与疑问，痛快的写给一个同情的好友，使他在数千里外也能分尝我强烈的鲜明的感情。那位同情的好友我选中了通伯，但那封信却只起了一个呆重的头，一为丧中忙，二是我那时眼热不耐用心，始终不曾写就，一直挨到现在再想补写，恐怕强烈已经变弱，鲜明已经变暗，逃亡的思绪，不易追获的了。我现在把那封残信录在这里，再来追摹当时的情景。

通伯：

我的祖母死了！从昨夜十时半起，直到现在，满屋子只是号啕呼抢的悲音，与和尚、道士、女僧的礼忏鼓磬声。二十年前祖父丧时的情景，如今又在眼前了。忘不了的情景！你愿否听我讲些？

我一路回家，怕的也许已经见不到老人，但老人却在生死的交关仿佛存心的弥留着，等待她最钟爱的孙儿——即不能与他开言诀别，也使他尚能把握她依然温暖的手掌，抚摩她依然跳动着的胸怀，凝视她依然能自开自阖虽则不再能表情的目睛。她的病是脑充血的一种，中医称为“卒中”（最难救的中风）。她十日前在暗房里蹶仆倒地，从此不再开口出言，登仙似的结束了她八十四年的长寿，六十年良妻与贤母的辛勤，她现在已经永远的脱辞了烦恼的人间，还归她清静自在的来处。我们承受她一生的厚爱与荫泽的儿孙，此时亲见，将来追念，她最后的神化，不能自禁中怀的摧痛，热泪暴雨似的盆涌，然痛心中却亦隐有无穷的赞美，热泪中依稀想见她功成德备的微笑，无形中似有不朽的灵光，永远的临照她绵衍的后裔……

七

旧历的乞巧那一天，我们一大群快活的游踪，驴子灰的黄的白的，轿子四个脚夫抬的，正在山海关外，纡回的，曲折的绕登角山的栖贤寺，面对着残圮的长城，巨虫似的爬山越岭，隐入烟霭的迷茫。那晚回北戴河海滨住处，已经半夜，我们还打算天亮四点钟上莲峰山去看日出，我已经快上床，忽然想起了，也去问有信没有，听差递给我一封电报，家里来的四等电报。我就知道不妙，果然是“祖母病危速回”！我当晚就收拾行装，赶早上六时车到天津，晚上才上津浦快车。正嫌路远车慢，半路又为发水冲坏了轨道过不去，一停就停了十二点钟有余，在车里多过了一夜，直到第三天的中午方才过江上沪宁车。这趟车如其准点到上海，刚好可以接上沪杭的夜车，谁知道又误了点，误了不多不少的一分钟，一面我们的车进站，他们的车头呜的一声叫，别断别断的去了！我若然是空身子，还可以冒险跳车，偏偏我的一双手又被行李雇定了，所以只得定着眼睛送它走。

所以直到八月二十二日的中午我方才到家。我给通伯的信说“怕的是已经见不着老人”，在路上那几天真是难受，缩不短的距离没有法子，但是那急人的水发，急人的火车，几面凑拢来，叫我整整的迟一昼夜到家！试想病危了的八十四岁的老人，这二十四点钟不是容易过的，说不定她刚巧在这个期间内有什么动静，那才叫人抱愧呢，可是结果还算没有多大的差池——她老人家还在生死的交关等着！

八

奶奶——奶奶——奶奶！奶——奶！你的孙儿回来了，奶奶！没有回音。老太太阖着眼，仰面躺在床里，右手拿着一把半旧的雕翎扇很自在的

扇动着。老太太原来就怕热，每到暑天总是扇子不离手的，那几天又是特别的热。这还不是好好的老太太，呼吸顶匀净的，定是睡着了，谁说危险！奶奶，奶奶！她把扇子放下了，伸手去摸着头顶上挂着的冰袋，一把抓得紧紧的，呼了一口长气，像是暑天赶道儿的喝了一碗凉汤似的，这不是她明明的有感觉不是？我把她的手握在手里，她似乎感觉我手心的热，可是她也让我握着，她开眼了！右眼张得比左眼开些，瞳子却是发呆，我拿手指在她的眼前一挑，她也没有瞬，那准是她瞧不见了——奶奶！奶奶，——她也真没有听见，难道她真是病了，真是危险，这样爱我疼我宠我的好祖母，难道真会得……我心里一阵的难受，鼻子里一阵的酸，滚热的眼泪就迸了出来。这时候床前已经挤满了人，我的这位，我的那位，我一眼看过去，只见一片惨白忧愁的面色，一只只装满了泪珠的眼眶。我的妈更看的憔悴。她们已经伺候了六天六夜，妈对我讲祖母这回不幸的情形，怎样的她夜饭前还在大厅上吩咐事情，怎样的饭后进房去自己擦脸，不知怎样的闪了下去，外面人听着响声才进去，已经是不能开口了，怎样的请医生，一直到现在还没有转机……

一个人到了天伦骨肉的中间，整套的思想情绪，就变换了式样与颜色。你的不自然的口音与语法没有用了；你的耀眼的袍服可以不必穿了；你的洁白的天使的翅膀，预备飞翔出人间到天堂的，不便在你的慈母眼前自由的开豁；你的理想的楼台亭阁，也不易轻易的放进这二百年的老屋；你的佩剑，要塞，以及种种的防御，在争竞的外界即使是必要的，到此只是可笑的累赘。在这里，不比在其余的地方，他们所要求于你的，只是随熟的声音与笑貌，只是好的，纯粹的本性，只是一个没有斑点子的赤裸裸的好心。在这些纯爱的骨肉的经纬中间，不由得你不从你的天性里抽出最柔糯亦最有力的几缕丝线来加密或是缝补这幅天伦的结构。

所以我那时坐在祖母的床边，含着两朵热泪，听母亲叙述她的病况，我脑中发生了异常的感想，我像是至少逃回了二十年的光阴，正如我膝前子侄辈一般的高矮，回复了一片纯朴的童真，早上走来祖母的床前，揭开帐子叫一声软和的奶奶，她也回收了我一声，伸手到里床去摸给我一个蜜枣或是三片状元糕，我又叫了一声奶奶，出去玩了，那是如何可爱的辰光，如何可爱的天真，但如今没有了，再也不回来了。现在床里躺着的，还不是我亲爱的祖母。十个月前我伴着到普陀登山拜佛清健的祖母，但现在何以不再答应我的呼唤，何以不再能表情，不再能说话，她的灵性哪里去了？

九

一天，一天，又是一天——在垂危的病榻前过的时刻，不比平常飞驶无碍的光阴，时钟上同样的一声的塔，直接的打在你的焦急的心里，给你一种模糊的隐痛——祖母还是照样的眠着，右手的脉自从起病以来已是极微仅有的，但不能动弹的却反是有脉的左侧，右手还时不时在挥扇，但她的呼吸还是一例的平匀，面容虽不免瘦削，光泽依然不减，并没有显著的衰象，所以我们在旁边看她的，差不多每分钟都盼望她从这长期的睡眠中醒来，打一个哈欠，就开眼见人，开口说话——果然她醒了过来，我们也不会觉得离奇，像是原来应当似的。但这究竟是我们亲人绝望中的盼望，实际上所有的医生，中医，西医，针医，都已一致的回绝，说这是“不治之症”，中医说这脉象是凭证，西医说脑壳里血管破裂，虽则植物性机能——呼吸，消化——不曾停止，但言语中枢已经断绝——此外更专门更玄学更科学的理论我也记不得了。所以暂时不变的原因，就在老太太本来的体元太好了，拳术家说的“一时不能散工”，并不是病有转机的兆头。

我们自己人也何尝不明白这是个绝症；但我们却总不忍自认是绝望：这“不忍”便是人情。我有时在病榻前，在凄悒的静默中，发生了重大的疑问。科学家说人的意识与灵感，只是神经系最高的作用，这复杂，微妙的机械，只要部分有了损伤或是停顿，全体的动作便发生相当的影响；如其最重要的部分受了扰乱，他不是变成反常的疯癫，便是完全的失去意识。照这一说，体即是用，离了体即没有用；灵魂是宗教家的大谎，人的身体一死什么都完了。这是最干脆不过的说法，我们活着时有这样有那样已经尽够麻烦，尽够受，谁还有兴致，谁还愿意到坟墓的那一边再去发生关系，

地狱也许是黑暗的，天堂是光明的，但光明与黑暗的区别无非是人类专擅的假定，我们只要摆脱这皮囊，还归我清静，我就不愿意头戴一个黄色的空圈子，合着手掌跪在云端里受罪！

再回到事实上来，我的祖母——一位神智最清明的老太太——究竟在哪里？我既然不能断定因为神经部分的震裂她的灵感性便永远的消灭，但同时她又分明的失却了表情的能力，我只能设想她人格的自觉性，也许比平时消淡了不少，却依旧是在着，像在梦魇里将醒未醒时似的，明知她的儿女孙会不住的叫唤她醒来，明知她即使要永别也总还有多少的嘱咐，但是可怜她的眼球再不能反映外界的印象，她的声带与口舌再不能表达她内心的情意，隔着这脆弱的肉体的关系，她的性灵再不能与她最亲的骨肉自由的交通——也许她也在整天整夜的伴着我们焦急，伴着我们伤心，伴着我们出泪，这才是可怜，这才真叫人悲感哩！

十

到了八月二十七那天，离她起病的第十一天，医生吩咐脉象大大的变了，叫我们当心，这十一天内每天她很困难的只咽入几滴稀薄的米汤，现在她的面上的光泽也不如早几天了，她的目眶更陷落了，她的口部的肌肉也更宽弛了，她右手的动作也减少了，即使拿起了扇子也不再能很自然的扇动了——她的大限的确已经到了。但是到晚饭后，反是没有什么显象。同时一家人着了忙，准备寿衣的，准备冥银的，准备香灯等等的。我从里走出外，又从外走进里，只见匆忙的脚步与严肃的面容。这时病人的大动脉已经微细的不可辨，虽则呼吸还不至怎样的急促。这时一门的骨肉已经齐集在病房里，等候那不可避免的时刻。到了十时光景，我和我的父亲正坐在房的那一头一张床上，忽然听得一个哭叫的声音说——“大家快来看呀，老太太的眼睛张大了！”这尖锐的喊声，仿佛是一大桶的冰水浇在我的身上，我所有的毛管一齐竖了起来，我们踉跄的奔到了床前，挤进了人丛。果然，老太太的眼睛张大了，张得很大了！这是我一生从不曾见过，也是我一辈子忘不了的眼见的神奇。（恕罪我的描写!）不但是两眼，面容也是绝对的神变了（Transfigured）；她原来皱缩的面上，发出一种鲜润的彩泽，仿佛半瘀的血脉，又一次在全身通畅了。她那布满皱纹的面颊也都回复了异样的丰润；同时她的呼吸渐渐的上升，急进的短促，现在已经几乎脱离了气管，只在鼻孔里脆响的呼出了。但是最神奇不过的是一只眼睛！她的瞳孔早已失去了收敛性，呆顿的放大了。但是最后那几秒钟，不但眼眶是充分的张开了，不但黑白分明，瞳孔锐利的紧敛了，并且放射着一种不可形容，不可信的辉光，我只能称它为“生命最集中的灵光”！这时候床前只是一片的哭声，子媳唤着娘，孙子唤着祖母，婢仆争喊着老太太，几个稚龄的曾孙，也跟着狂叫太太……但老太太最后的开眼，仿佛是与她亲爱的骨肉，做无言的诀别，我们都在号泣的送终，她也安慰了，她放心的去了。在几秒钟内，死的黑影已经移上了老人的面部，遏灭了生命的异彩，她最后的呼气，正似水泡破裂，电光杳灭，菩提的一响，生命呼出了窍，什么都止息了。

十一

我满心充塞了死象的神奇，同时又须顾管我有病的母亲，她那时出性的号啕，在地板上滚着，我自己反而哭不出来；我自己也觉得奇怪，眼看着一家长幼的涕泪滂沱，耳听着狂沸时的呼抢号叫，我不但不发生同情的反应，却反而达到了一个超感情的，静定的，幽妙的意境，我想象的看见祖母脱离了躯壳与人间，穿着雪白的长袍，冉冉的上升天去，我只想默默的跪在尘埃，赞美她一生的功德，赞美她一生的圆寂。这是我的设想！我们内地人却没有这样纯粹的宗教思想；他们的假定是不论死的是高年厚德的老人或是无知无您的幼孩，或是罪大恶极的凶人，临到弥留的时刻总是一例的有无常鬼，摸壁鬼，牛头马面，赤发獠牙的阴差等等到门，拿着镣链枷锁，来捉拿阴魂到案。所以烧纸帛是平他们的暴戾，最后的呼抢是没奈何的诀别。这也许是大部分临死时实在的情景，但我们却不能概定所有

的灵魂都不免遭受这样的凌辱。譬如我们的祖老太太的死，我能想象她是登天，只能想象她慈祥的神化——像那样鼎沸的号啕，固然是至性不能自禁，但我总以为不如匍伏隐泣或祷默，较为近情，较为合理。

理智发达了，感情便失去了自然的浓挚；厌世主义的看来，眼泪与笑声一样是空虚的，无意义的。但厌世主义姑且不论，我却不相信理智的发达，会得妨碍天然的情感；如其教育真有效力，我以为效力就在剥削了不合理性的“感情作用”，但决不会有损真纯的感情；他眼泪也许比一般人流得少些，但他等到流泪的时候，他的泪才是应流的泪。我也是智识愈开流泪愈少的一个人，但这一次却也真的哭了好几次。一次是伴我的姑母哭的，她为产后不曾复元，所以祖母的病一直瞒着她，一直到了祖母故后的早上方才通知她。她扶病来了，她还不曾下轿，我已经听出她在啜泣，我一时感觉一阵的悲伤，等到她出轿放声时，我也在房中歔欷不住。又一次是伴祖母当年的赠嫁婢哭的。她比祖母小十一岁，今年七十三岁，亦已是个白发的婆子，她也来哭她的“小姐”，她是见着我祖母的花烛的唯一的一个人，她的一哭我也哭了。

再有是伴我的父亲哭的。我总是觉得一个身体伟大的人，他动情感的时候，动人的力量也比平常人伟大些。我见了我父亲哭泣，我就忍不住要伴着淌泪。但是感动我最强烈的几次，是他一人倒在床里，反复地啜泣着，叫着妈，像一个小孩似的，我就感到最热烈的伤感，在他伟大的心胸里浪涛似的起伏，我就感到母子的感情的确是一切感情的起源与总结，等到一失慈爱的荫蔽，仿佛一生的事业顿时莫有了根底，所有的欢乐都不能填平这唯一的缺陷；所以他这一哭，我也真哭了。

但是我的祖母果真是死了吗？她的躯体是的，但她是不死的。诗人勃兰恩德（Brlant）说：

> So live，that when thy summons comes to join the innumerable caravan，which moves to that mysterious realm where each one takes his chamber in the silent balls of death，then go not，like the qoarry slave

at night scourged to his dungeon, but sust ained and soothed.

By an unfaltering truth, approach thy grave like one that wraps the Drapery of his couch, about him, and lies down to pleasant dreams.

如果我们的生前是尽责任的，是无愧的，我们就会安坦的走近我们的坟墓，我们的灵魂里不会有惭愧或悔恨的齿痕。人生自生至死，如勃兰恩德的比喻，真是大队的旅客在不尽的沙漠中进行，只要良心有个安顿，到夜里你卧倒在帐幕里也就不怕噩梦来缠绕。

我的祖母，在那旧式的环境里，到我们家来五十九年，真像是做了长期的苦工，她何尝有一日的安闲，不必说子女的嫁娶，就是一家的柴米油盐，扫地抹桌，哪一件事不在八十岁老人早晚的心上！我的伯父快近六十岁了，但他的起居饮食，还差不多完全是祖母经管的，初出世的曾孙如其有些身热咳嗽，老太太晚上就睡不安稳；她爱我宠我的深情，更不是文字所能描写；她那深厚的慈荫，真是无所不包，无所不蔽。但她的身心即使劳碌了一生，她的报酬却在灵魂的无上平安；她的安慰就在她的儿女孙曾，只要我们能够步到她的前例，各尽天定的责任，她在冥冥中也就永远的微笑了。

十一月二十四日

（写于一九二三年十一月二十四日，选自《自剖》）

谒见哈代的一个下午

一

“如其你早几年，也许就是现在，到道骞司德的乡下，你或许碰得到《裘德》的作者，一个和善可亲的老者，穿着短裤便服，精神飒爽的，短短的脸面，短短的下颏，在街道上闲暇的走着，照呼着，答话着，你如其过去问他卫撒克士小说里的名胜，他就欣欣的从详指点讲解；回头他一扬手，已经跳上了他的自行车，按着车铃，向人丛里去了。我们读过他著作的，更可以想象这位貌不惊人的圣人，在卫撒克士广大的，起伏的草原上，在月光下，或在晨曦里，深思地徘徊着。天上的云点，草里的虫吟，远处隐约的人声都在他灵敏的神经里印下不磨的痕迹；或在残败的古堡里拂拭乱石上的苔青与网结；或在古罗马的旧道上，冥想数千年前铜盔铁甲的骑兵曾经在这日光下驻踪；或在黄昏的苍茫里，独倚在枯老的大树下，听前面乡村里的青年男女，在笛声琴韵里，歌舞他们节会的欢欣；或在济慈或雪莱或史文庞的遗迹，悄悄的追怀他们艺术的神奇……在他的眼里，像在高蒂闲（Theophile Gautier）的眼里。这看得见的世界是活着的；在他的‘心眼’（The Inward Eye）里，像在他最服膺的华茨华斯的心眼里，人类的情感与自然的景象是相联合的；在他的想象里，像在所有大艺术家的想象里，不仅伟大的史迹，就是眼前最琐小最暂忽的事实与印象，都有深奥的意义，平常人所忽略或竟不能窥测的。从他那六十年不断的心灵生活——

观察，考量，揣度，印证，——从他那六十年不懈不弛的真纯经验里，哈代，像春蚕吐丝制茧似的，抽绎他最微妙最桀傲的音调，纺织他最缜密最经久的诗歌——这是他献给我们可珍的礼物。”

二

上文是我三年前慕而未见时半自想象半自他人传述写来的哈代。去年七月在英国时，承狄更生先生的介绍，我居然见到了这位老英雄，虽则会面不及一小时，在余小子已算是莫大的荣幸，不能不记下一些踪迹。我不讳我的“英雄崇拜”。山，我们爱踹高的；人，我们为什么不愿意接近大的？但接近大人物正如爬高山，往往是一件费劲的事；你不仅得有热心，你还得有耐心。半道上力乏是意中事，草间的刺也许拉破你的皮肤，但是你想一想登临高峰时的愉快！真怪，山是有高的，人是有不凡的！我见曼殊斐儿，比方说，只不过二十分钟模样的谈话，但我怎么能形容我那时在美的神奇的启示中的全生的震荡？

我与你虽仅一度相见——

但那二十分不死的时间！

果然，要不是那一次巧合的相见，我这一辈子就永远见不着她——会面后不到六个月她就死了。自此我益发坚持我英雄崇拜的势利，在我有力量能爬的时候，总不教放过一个“登高”的机会。我去年到欧洲完全是一次“感情作用的旅行”；我去是为泰戈尔，顺便我想去多瞻仰几个英雄。我想见法国的罗曼罗兰，意大利的丹农雪乌，英国的哈代。但我只见着了哈代。

在伦敦时对狄更生先生说起我的愿望，他说那容易，我给你写信介绍，老头精神真好，你小心他带了你到道骞斯德林子里去走路，他仿佛是没有力乏的时候似的！那天我从伦敦下去到道骞斯德，天气好极了，下午三点过到的。下了站我不坐车，问了 Max Gate 的方向，我就欣欣的走去。他家的外园门正对一片青碧的平壤，绿到天边，绿到门前；左侧远处有一带绵

邈的平林。进园径转过去就是哈代自建的住宅，小方方的壁上满爬着藤萝。有一个工人在园的一边剪草，我问他哈代先生在家不，他点一点头，用手指门。我拉了门铃，屋子里突然发一阵狗叫声，在这宁静中听得怪尖锐的，接着一个白纱抹头的年轻下女开门出来。

“哈代先生在家，”她答我的问，“但是你知道哈代先生是‘永远’不见客的。”

我想糟了。“慢着，”我说，“这里有一封信，请你给递了进去。”“那末请候一候。”她拿了信进去，又关上了门。

她再出来的时候脸上堆着最俊俏的笑容：“哈代先生愿意见你，先生，请进来。”多俊俏的口音！“你不怕狗吗，先生。”她又笑了。“我怕。”我说。“不要紧，我们的梅雪就叫，她可不咬，这儿生客来得少。”

我就怕狗的袭来！战兢兢的进了门，进了官厅，下女关门出去。狗还不曾出现，我才放心。壁上挂着沙琴德（John Sargeant）的哈代画像，一边是一张雪莱的像，书架上记得有雪莱的大本集子，此外陈设是朴素的，屋子也低，暗沉沉的。

我正想着老头怎么会这样喜欢雪莱，两人的脾胃相差够多远，外面楼梯上一阵急促的脚步声和狗铃声下来，哈代推门进来了。我不知他身材实际多高，但我那时站着平望过去，最初几乎没有见他，我的印象是他是一个矮极了的小老头儿。我正要表示我一腔崇拜的热心，他一把拉了我坐下，口里连着说“坐坐”，也不容我说话，仿佛我的“开篇”辞他早就有数，连着问我，他那急促的一顿顿的语调与干涩的苍老的口音：“你是伦敦来的？”“狄更生是你的朋友？”“他好？”“你译我的诗？”“你怎么翻的？”“你们中国诗用韵不用？”前面那几句问话是用不着答的（狄更生信上说起我翻他的诗），所以他也不等我答话，直到末一句他才收住了。他坐着也是奇矮，也不知怎的，我自己只显得高，私下不由的踞蹐，似乎在这天神面前我们凡人就在身材上也不应分占先似的！（阿，你没见过萧伯纳——这比下来你是个蚂蚁！）这时候他斜着坐，一只手搁在台上，头微微低着，眼往下看，头顶全秃了，两边脑角上还各有一鬃也不全花的头发；他的脸盘粗看像是一个尖角往下的等边形三角，两颧像是特别宽，从宽浓的眉尖直扫下来束住在一个短促的下巴尖；他的眼不大，但是深凹的，往下看的时候多，不易看出颜色与表情。最特别的，最“哈代的”，是他那口连着两旁松松往下堕的夹腮皮。如其他的眉眼只是忧郁的深沉，他的口脑的表情分明是厌倦与消极。不，他的脸是怪，我从不曾见过这样耐人寻味的脸。他那上半部，秃的宽广的前额，着发的头角，你看了觉着好玩，正如一个孩子的头，使你感觉一种天真的趣味，但愈往下愈不好看，愈使你觉着难受，他那皱纹龟驳的脸皮正使你想起一块苍老的岩石，雷电的猛烈，风霜的侵凌，雨霪的剥蚀，苔藓的沾染，虫鸟的斑斓，什么时间与空间的变幻都在这上面遗留着痕迹！你知道他是不抵抗的，忍受的，但看他那下颊，谁说这不泄露他的怨毒，他的厌倦，他的报复性的沉默！他不露一点笑容，你不易相信他与我们一样也有喜笑的本能。正如他的脊背是倾向伛偻，他面上的表情也只是一种不胜压迫的伛偻。喔哈提！

回讲我们的谈话。他问我们中国诗用韵不。我说我们从前只有无韵的散文，没有无韵的诗，但最近……但他不要听最近，他赞成用韵，这道理是不错的。你投块石子到湖心里去，一圈圈的水纹漾了开去，韵是波纹。少不得。抒情诗 Lycic 是文学的精华的精华。颠不破的钻石，不论多小。磨不灭的光彩。我不重视我的小说。什么都没有做好的小诗难［他背了莎“Tell me where is Fancy bred”，朋琼生（Ben Jonson）的“Drink to me only with thine eyes”高兴的样子］。我说我爱他的诗，因为它们不仅结构严密像建筑，同时有思想的血脉在流走，像有机的整体。我说了 Organic 这个字：他重复说了两遍：Yes；“Organic yes Organic：A poem ought to be a living thing”练习文字顶好学写诗；很多人从学诗写好散文，诗是文字的秘密。

他沉思了一晌。“三十年前有朋友约我到中国去。他是一个教士，我的朋友，叫莫尔德，他在中国住了五十年，他回英国来时每回说话先想起中文再翻英文的！他中国什么都知道，他请我去，太不便了，我没有去。但是你们的文字是怎么一回事？难极了不是？为什么你们不丢了它，改用

英文或法文，不方便吗？”哈代这话骇住了我。一个最认识各种语言的天才的诗人要我们丢掉几千年的文字！我与他辩难了一晌，幸亏他也没有坚持。

说起我们共同的朋友。他又问起狄更生的近况，说他真是中国的朋友。我说我明天到康华尔去看罗素。谁？罗素？他没有加案语。我问起勃伦腾（Edmund Blunden），他说他从日本有信来，他是一个诗人。讲起麦雷（John M Mnrry）他起劲了。“你认识麦雷？”他问，“他就住在这儿道骞斯德海边，他买了一所古怪的小屋子，正靠着海，怪极了的小屋子，什么时候那可以叫海给吞了去似的。他自己每天坐一部破车到镇上来买菜。他是能干的。他会写。你也见过他从前的太太曼殊斐儿，他又娶了，你知道不？我说给你听麦雷的故事。曼殊斐儿死了，他悲伤得很，无聊极了，他办了他的报（我怕他的报维持不了），还是悲伤。好了，有一天有一个女的投稿几首诗，麦雷觉得有意思，写信叫她去看他，她去看他，一个年轻的女子，两人说投机了，就结了婚，现在大概他不悲伤了。”

他问我那晚到哪里去。我说到 Exeter 看教堂去，他说好的，他说讲建筑，他的本行。我问他小说里常有建筑师，有没有他自己的影子？他说没有。这时候梅雪出去了又回来，咻咻的爬在我的身上乱抓。哈代见我有些窘，就站起来呼开梅雪，同时说我们到园里去走走吧，我知道这是送客的意思。我们一起走出门绕到屋子的左侧去看花，梅雪摇着尾巴咻咻的跟着。我说哈代先生，我远道来你可否给我一点小纪念品。他回头见我手里有照相机，他赶紧他的步子急急的说，我不爱照相，有一次美国人来给了我很多的麻烦，我从此不叫来客照相——我也不给我的笔迹（Autograph），你知道？他脚步更快了，微偻着背，腿微向外弯一摆一摆的走着，仿佛怕来客要强抢他什么东西似的？“到这儿来，这儿有花，我来采两朵花给你做纪念，好不好？”他俯身下去到花坛里去采了一朵红的一朵白的递给我：“你暂时插在衣襟上吧，你现在赶六点钟车刚好，恕我不陪你了，再会，再会——来，来，梅雪，梅雪……”老头扬了扬手，径自进门去了。

啬刻的老头，茶也不请客人喝一杯！但谁还不满足，得着了这样难得的机会？往古的达文謇，莎士比亚，葛德，拜伦，是不回来了的！——哈代！多远多高的一个名字！方才那头秃秃的背弯弯的腿屈屈的，是哈代吗？太奇怪了！那晚有月亮，离开哈代家五个钟头以后，我站在哀克刹脱教堂的门前玩弄自身的影子，心里充满着神奇。

（选自一九二三年三月十日《新月》创刊号）

泰戈尔

我有几句话想趁这个机会对诸君讲，不知道你们有没有耐心听。泰戈尔先生快走了，在几天内他就离别北京，在一两个星期内他就告辞中国。他这一去大约是不会再来的了。也许他永远不能再到中国。

他是六七十岁的老人，他非但身体不强健，他并且是有病的。去年秋天他还发了一次很重的骨痛热病。所以他要到中国来，不但他的家属，他的亲戚朋友，他的医生，都不愿意他冒险，就是他欧洲的朋友，比如法国的罗曼罗兰，也都有信去劝阻他。他自己也曾经踌躇了好久，他心里常常盘算他如其到中国来，他究竟能不能够给我们好处，他想中国人自有他们的诗人，思想家，教育家，他们有他们的智慧，天才，心智的财富与营养，他们更用不着外来的补助与戟刺，我只是一个诗人，我没有宗教家的福音，没有哲学家的理论，更没有科学家实利的效用，或是工程师建设的才能，他们要我去做什么，我自己又为什么要去，我有什么礼物带去满足他们的盼望！他真的很觉得迟疑，所以他延迟了他的行期。但是他也对我们说到冬天完了，春风吹动的时候（印度的春风比我们的吹得早），他不由的感觉了一种内迫的冲动，他面对着逐渐滋长的青草与鲜花，不由的抛弃了，忘却了他应尽的职务，不由的解放了他的歌唱的本能，和着新来的鸣雀，在柔软的南风中开怀的讴吟，同时他收到我们催请的信，我们青年盼望他的诚意与热心，唤起了老人的勇气。他立即定夺了他东来的决心。他说趁我暮年的肢体不曾僵透，趁我衰老的心灵还能感受，决不可错过这最后唯一的机会，这博大，从容，礼让的民族，我幼年时便发心朝拜，与其将来在黄昏寂静的境界中萎衰的惆怅，何如利用这夕阳未暝时的光芒，了却我晋香人的心愿？

他所以决意的东来，他不顾亲友的劝阻，医生的警告，不顾他自己的高年与病体，他也撇开了在本国迫切的任务，跋涉了万里的海程，他来到了中国。

自从四月十二在上海登岸以来，可怜老人不曾有过一半天完整的休息，旅行的劳顿不必说，单就公开的演讲以及较小集会时的谈话，至少也有了三四十次！他的，我们知道，不是教授们的讲义，不是教士们的讲道，他的心府不是堆积货品的栈房，他的辞令不是教科书的喇叭。他是灵活的泉水，一颗颗颤动的圆珠从池心里兢兢的泛登水面，都是生命的精液；他是瀑布的吼声，在白云间，青林中，石罅里，不住的啸响；他是百灵的歌声，他的欢欣、愤慨，响亮的谐音，弥漫在无际的晴空。但是他是倦了，终夜的狂歌已经耗尽了子规的精力，东方的曙色亦照出他点点的心血染红了蔷薇枝上的白露。

老人是疲乏了。这几天他睡眠也不得安宁。他已经透支了他有限的精力。他差不多是靠散拿吐瑾过日的，他不由的不感觉风尘的厌倦，他时常想念他少年时在恒河边沿拍浮的清福，他想望椰树的清荫与曼果的甜瓤。

但他还不仅是身体的惫劳，他也感觉心境的不舒畅。这是很不幸的。我们做主人的只是深深的负歉。他这次来华，不为游历，不为政治，更不为私人的利益，他熬着高年，冒着病体，抛弃自身的事业，备尝行旅的辛苦，他究竟为的是什么？他为的只是一点看不见的情感。说远一点，他的使命是在修补中国与印度两民族间中断千余年的桥梁，说近一点，他只想感召我们青年真挚的同情。因为他是信仰生命的，他是尊崇青年的，他是歌颂青春与清晨的，他永远指点着前途的光明。悲悯是当初释迦牟尼证果的动机，悲悯也是泰戈尔先生不辞艰苦的动机。现代的文明只是骇人的浪费，贪淫与残暴，自私与自大，相猜与相忌，飓风似的倾覆了人道的平衡，产生了巨大的毁灭。芜秽的心田里只是误解的蔓草，毒害同情的种子，更没有收成的希冀。在这个荒惨的境地里，难得有少数的丈夫，不怕阻难，不自馁怯，肩上扛着铲除误解的大锄，口袋里满装着新鲜人道的种子，不问天时是阴是雨是晴，不问是早晨是黄昏是黑夜，他只是努力的工作，清理一方泥土，施殖一方生命，同时口唱着嘹亮的新歌，鼓舞在黑暗中将次透露的萌芽，泰戈尔先生就是这少数中的一个。他是来广布同情的，他是来消除成见的。我们亲眼见过他慈祥的阳春似的表情，亲耳听过他从心灵底里迸裂出的大声，我想只要我们的良心不曾受恶毒的烟煤熏黑，或是被恶浊的偏见污抹，谁不曾感觉他赤诚的力量，魔术似的，为我们生命的前途开辟了一个神奇的境界，燃点了理想的光明？所以我们也懂得他的深刻的懊怅与失望，如其他知道部分的青年不但不能容纳他的灵感，并且成心的诬毁他的热忱。我们固然

林徽因、泰戈尔和徐志摩

奖励思想的独立，但我们决不敢附和误解的自由。他生平最满意的成绩就在他永远能得青年的同情，不论在德国，在丹麦，在美国，在日本，青年永远是他最忠心的朋友。他也曾经遭受种种的误解与攻击，政府的猜疑与报纸的诬毁与守旧派的讥评，不论如何的谬妄与剧烈，从不曾扰动他优容的大量，他的希望，他的信仰，他的爱心，他的至诚，完全的托付青年。我的须，我的发是白的，但我的心却永远是青的，他常常的对我们说，只要青年是我的知己，我理想的将来就有着落，我乐观的明灯永远不致暗淡。他不能相信纯洁的青年也会坠落在怀疑，猜忌，卑琐的泥涸。他更不能信中国遭受意外的待遇。他很不自在，他很感觉异样的怆心。

因此精神的懊丧更加重他躯体的倦劳。他差不多是病了。我们当然很焦急的期望他的健康，但他再没有心境继续他的讲演。我们恐怕今天就是他在北京公开讲演最后的一个机会。他有休养的必要。我们也决不忍再使他耗费他有限的精力。他不久又有长途的跋涉，他不能不有三四天完全的养息，所以从今天起，所有已经约定的会集，公开与私人的，一概撤销，他今天就出城去静养。

我们关切他的一定可以原谅，就是一小部分不愿意他来作客的诸君也可从自喜战略的成功。他是病了，他在北京不再开口了，他快走了，他从此不再来了。但是同学们，我们也得平心的想想，老人到底有什么罪，他有什么负心，他有什么不可容赦的犯案？公道是死了吗，为什么听不见你的声音？

他们说他是守旧，说他是顽固。我们能相信吗？他们说他是“太迟”，说他是“不合时宜”，我们能相信吗？他自己是不能信，真的不能信。他说这一定是滑稽家的反调。他一生所遭逢的批评只是太新，太早，太急进，太激烈，太革命的，太理想的，他六十年的生涯只是不断的奋斗与冲锋，他现在还只是冲锋与奋斗。但是他们说他是守旧，太迟，太老。他顽固奋斗的对象只是暴烈主义，资本主义，帝国主义，武力主义，杀灭性灵的物

质主义；他主张的只是创造的生活，心灵的自由，国际的和平，教育的改造，普爱的实现。但他们说他是帝国政策的间谍，资本主义的助力，亡国奴族的流民，提倡裹脚的狂人！肮脏是在我们的政策与暴徒的心里，与我们的诗人又有什么关连？昏乱是在我们冒名的学者与文人的脑里，与我们的诗人又有什么亲属？我们何妨说太阳是黑的，我们何妨说苍蝇是真理？同学们，听信我的话，像他的这样伟大的声音我们也许一辈子再不会听着的了。留神目前的机会，预防将来的惆怅！他的人格我们只能到历史上去搜寻比拟。他的博大的温柔的灵魂我敢说永远是人类记忆里的一次灵迹。他的无边际的想象与辽阔的同情使我们想起惠德曼；他的博爱的福音与宣传的热心使我们记起托尔斯泰；他的坚韧的意志与艺术的天才使我们想起造摩西像的密仡郎其罗；他的诙谐与智慧使我们想象当年的苏格拉底与老聃；他的人格的和谐与优美使我们想念暮年的歌德；他的慈祥的纯爱的抚摩，他的为人道不厌的努力，他的磅礴的大声，有时竟使我们唤起救主的心像；他的光彩，他的音乐，他的雄伟，使我们想念奥林必克山顶的大神。他是不可侵凌的，不可逾越的，他是自然界的一个神秘的现象。他是三春和暖的南风，惊醒树枝上的新芽，增添处女颊上的红晕。他是普照的阳光。他是一派浩瀚的大水，来从不可追寻的渊源，在大地的怀抱中终古的流着，不息的流着，我们只是两岸的居民，凭借这慈恩的天赋，灌溉我们的田稻，苏解我们的消渴，洗净我们的污垢。他是喜马拉雅积雪的山峰，一般的崇高，一般的纯洁，一般的壮丽，一般的高傲，只有无限的青天枕藉他银白的头颅。

人格是一个不可错误的实在，荒歉是一件大事，但我们是饿惯了的，只认鸠形与鹄面是人生本来的面目，永远忘却了真健康的颜色与彩泽。标准的低降是一种可耻的堕落；我们只是踞坐在井底的青蛙。但我们更没有怀疑的余地。我们也许端详东方的初白，却不能非议中天的太阳。我们也许见惯了阴霾的天时，不耐这热烈的光焰，消散天空的云雾，暴露地面的荒芜，但同时在我们心灵的深处，我们岂不也感觉一个新鲜的影响，催促我们生命的跳动，唤醒潜在的想望，仿佛是武士望见了前峰烽烟的信号，更不踌躇的奋勇前向？只有接近了这样超轶的纯粹的丈夫，这样不可错误的实在，我们方始相形的自愧我们的口不够阔大，我们的嗓音不够响亮，我们的呼吸不够深长，我们的信仰不够坚定，我们的理想不够莹澈，我们的自由不够磅礴，我们的语言不够明白，我们的情感不够热烈，我们的努力不够勇猛，我们的资本不够充实……

我自信我不是恣滥不切事理的崇拜，我如其曾经应用浓烈的文字，这是因为我不能自制我浓烈的感想。但我最急切要声明的是，我们的诗人，虽则常常招受神秘的徽号，在事实上却是最清明，最有趣，最诙谐，最不神秘的生灵。他是最通达人情，最近人情的。我盼望有机会追写他日常的生活与谈话。如其我是犯嫌疑的，如其我也是性近神秘的（有好多朋友这么说），你们还有适之先生的见证，他也说他是最可爱最可亲的个人；我们可以相信适之先生绝对没有“性近神秘”的嫌疑！所以无论他怎样的伟大与深厚，我们的诗人还只是有骨有血的人，不是野人，也不是天神。唯其是人，尤其是最富情感的人，所以他到处要求人道的温暖与安慰，他尤其要我们中国青年的同情与情爱。他已经为我们尽了责任，我们不应，更不忍辜负他的期望。同学们，爱你的爱，崇拜你的崇拜，是人情不是罪孽，是勇敢不是懦怯。

十二日在真光讲

（选自一九二四年五月十九日《晨报副刊》）

我的彼得

新近有一天晚上，我在一个地方听音乐，一个不相识的小孩，约莫八九岁光景，过来坐在我的身边，他说的话我不懂，我也不易使他懂我的话，那可并不妨事，因为在几分钟内我们已经是很好的朋友，他拉着我的手，我拉着他的手，一同听台上的音乐。他年纪虽则小，他音乐的兴趣已经很深：他比着手势告我他也有一张提琴，他会拉，并且说那几个是他已经学会的调子。他那资质的敏慧，性情的柔和，体态的秀美，不能使人不爱；而况我本来是欢喜小孩们的。

但那晚虽则结识了一个可爱的小友，我心里却并不快爽；因为不仅见着他使我想起你，我的小彼得，并且在他活泼的神情里我想见了你，彼得，假如你长大的话，与他同年龄的影子。你在时，与他一样，也是爱音乐的；虽则你回去的时候刚满三岁，你爱好音乐的故事，从你襁褓时起，我屡次听你妈与你的“大大”讲，不但是十分的有趣可爱，竟可说是你有天赋的凭证，在你最初开口学话的日子，你妈已经写信给我，说你听着了音乐便异常的快活，说你在坐车里常常伸出你的小手在车栏上跟着音乐按拍，你稍大些会得淘气的时候，你妈说，只要把话匣开上，你便在旁边乖乖的坐着静听，再也不出声不闹——并且你有的是可惊的口味，是贝德芬是槐格纳你就爱，要是中国的戏片，你便盖没了你的小耳，决意不让无意味的锣鼓，打搅你的清听！你的大大（她多疼你）！讲给我听你得小提琴的故事：怎样那晚上买琴来的时候你已经在你的小床上睡好，怎样她们为怕你起来闹，赶快灭了灯亮把琴放在你的床边，怎样你这小机灵早已看见，却偏不作声，等你妈与大大都上了床，你才偷偷的爬起来，摸着了你的宝贝，再也忍不住的你技痒，站在漆黑的床边，就开始你“截桑柴”的本领，后来怎样她们干涉了你，你便乖乖的把琴抱进你的床去，一起安眠。她们又讲你怎样喜欢拿着一根短棍站在桌上模仿音乐会的导师，你那认真的神情常常叫在座人大笑。此外还有不少趣话，大大记得最清楚，她都讲给我听过；但这几件故事已够见证你小小的灵性里早长着音乐的慧根。实际我与你妈早经同意想叫你长大时留在德国学习音乐；——谁知道在你的早殇里我们不失去了一个可能的莫扎特（Mozart）：在中国音乐最饥荒的日子，难得见这一点希冀的青芽，又教运命无情的脚根踏倒，想起怎不可伤？

彼得，可爱的小彼得，我“算是”你的父亲，但想起我做父亲的往迹，我心头便涌起了不少的感想；我的话你是永远听不着了，但我想借这悼念你的机会，稍稍疏泄我的积愫，在这不自然的世界上，与我境遇相似或更不如的当不在少数，因此我想说的话或许还有人听，竟许有人同情。就是你妈，彼得，她也何尝有一天接近过快乐与幸福，但她在她同样不幸的境遇中证明她的智断，她的忍耐，尤其是她的勇敢与胆量；所以至少她，我敢相信，可以懂得我话里意味的深浅，也只有她，我敢说，最有资格指证或相诠释，在她有机会时，我的情感的真际。

但我的情愫！是怨，是恨，是忏悔，是怅惘？对着这不完全，不如意的人生，谁没有怨，谁没有恨，谁没有怅惘？除了天生颟顸的，虽不曾在他生命的经途中——葛德说的——和着悲哀吞他的饭，谁不曾拥着半夜的孤衾饮泣？我们应得感谢上苍的是他不可度量的心裁，不但在生物的境界中他创造了不可计数的种类，就这悲哀的人生也是因人差异，各个不同，——同是一个碎心，却没有同样的碎痕，同是一滴眼泪，却难寻同样的泪晶。

彼得我爱你，我说过我是你的父亲，但我最后见你的时候你才不满四月，这次我再来欧洲你已经早一个星期回去，我见着的只你的遗像，那太可爱，与你一撮的遗灰，那太可惨。你生前日常把弄的玩具——小车，小马，小鹅，小琴，小书——，你妈曾经件件的指给我看，你在时穿着的衣褂鞋帽你妈与你大大也曾含着眼泪从箱里理出来给我抚摩，同时她们讲你生前的故事，直到你的影像活现在我的眼前，你的脚踪仿佛在楼板上踹响。你是不认识你父亲的，彼得，虽则我听说他的名字常在你的口边，他的肖像也常受你小口的亲吻，多谢你妈与你大大的慈爱与真挚，她们不仅永远把你放在她们心坎的底里，她们也使我，没福见着你的父亲，知道你，认识你，爱你，也把你的影像，活泼，美慧，可爱，永远镂上了我的心版。那天在柏林的会馆里，我手捧着那收存你遗灰的锡瓶，你妈与你七舅站在旁边止不住滴泪，你的大大哽咽着，把一个小花圈挂上你的门前——那时间我，你的父亲，觉着心里有一个尖锐的刺痛，这才初次明白曾经有一点血肉从我自己的生命里分出，这才觉着父性的爱像泉眼似的在性灵里汩汩的流出：只可惜是迟了，这慈爱的甘液不能救活已经萎折了的鲜花，只能在他纪念日的周遭永远无声的流转。

彼得，我说我要借这机会稍稍爬梳我年来的郁积；但那也不见得容易；要说的话仿佛就在口边，但你要它们的时候，它们又不在口边：像是长在大块岩石底下的嫩草，你得有力量翻起那岩石才能把它不伤损的连根起出——谁知道那根长的多深！是恨，是怨，是忏悔，是怅惘？许是恨，许是怨，许是忏悔，许是怅惘。荆棘刺入了行路人的胫踝，他才知道这路的难走；但为什么有荆棘？是它们自己长着，还是有人成心种着的？也许是你自己种下的？至少你不能完全抱怨荆棘，一则因为这道是你自愿才来走的，再则因为那刺伤是你自己的脚踏上了荆棘的结果，不是荆棘自动来刺你——但又谁知道，因此我有时想，彼得，像你倒真是聪明：你来时是一团活泼，光亮的天真，你去时也还是一个光亮，活泼的灵魂；你来人间真像是短期的作客，你知道的是慈母的爱，阳光的和暖与花草的美丽，你离开了妈的怀抱，你回到了天父的怀抱，我想他听你欣欣的回报这番作客——只尝甜浆，不吞苦水——的经验，他上年纪的脸上一定满布着笑容——你的小脚踝上不曾碰着过无情的荆刺，你穿来的白衣不曾沾着一斑的泥污。

但我们，比你住久的，彼得，却不是来作客；我们是遭放逐，无形的解差永远在后背催逼着我们赶道：为什么受罪，前途是哪里，我们始终不曾明白，我们明白的只是底下流血的胫踝，只是这无恩的长路，这时候想回头已经太迟，想中止也不可能，我们真的羡慕，彼得，像你那谪期的简净。

在这道上遭受的，彼得，还不止是难，不止是苦，最难堪的是逐步相追的嘲讽，身影似的不可解脱。我既是你的父亲，彼得，比方说，为什么我不能在你的生前，日子虽短，给你应得的慈爱，为什么要到这时候，你已经去了不再回来，我才觉着骨肉的关连？并且假如我这番不到欧洲，假如我在万里外接到你的死耗，我怕我只能看作水面上的云影，来时自来，去时自去：正如你生前我不知欣喜，你在时我不知爱惜，你去时也不能过分动我的情感。我自分不是无情，不是寡恩，为什么我对自身的血肉，反是这般不近情的冷漠？彼得，我问为什么，这问的后身便是无限的隐痛；我不能怨，我不能恨，更无从悔，我只是怅惘，我只能问！明知是自苦的揶揄，但我只能忍受。而况揶揄还不止此，我自身的父母，何尝不赤心的爱我；但他们的爱却正是造成我痛苦的原因；我自己也何尝不笃爱我的亲亲，但我不仅不能尽我的责任，不仅不曾给他们想望的快乐，我，他们的独子，也不免加添他们的烦愁，造作他们的痛苦，这又是为什么？在这里，我也是一般的不能恨，不能怨，更无从悔，我只是怅惘——我只能问。昨天我是个孩子，今天已是壮年；昨天腮边还带着圆润的笑涡，今天头上已见星星的白发；光阴带走的往迹，再也不容追赎，留下在我们心头的只是些揶揄的鬼影；我们在这道上偶尔停步回想的时候，只能投一个虚圈的“假使当初”，解嘲已往的一切。但已往的教训，即使有，也不能给我们利益，因为前途还是不减启程时的渺茫，我们还是不能选择取由的途径——到那天我们无形的解差喝住的时候，我们唯一的权利，我猜想，也只是再丢一个虚圈更大的“假使”，圆满这全程的寂寞，那就是止境了。

（约写于一九二五年六月，选自《自剖》）

罗曼罗兰

罗曼罗兰（Romain Rolland），这个美丽的音乐的名字，究竟代表些什么？他为什么值得国际的敬仰，他的生日为什么值得国际的庆祝？他的名字，在我们多少知道他的几个人的心里，唤起些个什么？他是否值得我们已经认识他思想与景仰他人格的更亲切的认识他，更亲切的景仰他；从不曾接近他的赶快从他的作品里去接近他？

一个伟大的作者如罗曼罗兰或托尔斯泰，正像是一条大河，它那波澜，它那曲折，它那气象，随处不同，我们不能划出它的一湾一角来代表它那全流。我们有幸福在书本上结识他们的正比是尼罗河或扬子江沿岸的泥堁，各按我们的受量分沾他们的润泽的恩惠罢了。说起这两位作者——托尔斯泰与罗曼罗兰：他们灵感的泉源是同一的，他们的使命是同一的，他们在精神上有相互的默契（详后），仿佛上天从不教他的灵光在世上完全灭迹，所以在这普遍的混沌与黑暗的世界内往往有这类禀承灵智的大天才在我们中间指点迷途，启示光明。但他们也自有他们不同的地方；如其我们还是引申上面这个比喻，托尔斯泰，罗曼罗兰的前人，就更像是尼罗河的流域，它那两岸是浩瀚的沙碛，古埃及的墓宫，三角金字塔的映影，高矗的棕榈类的林木，间或有帐幕的游行队，天顶永远有异样的明星；罗曼罗兰，托尔斯泰的后人，像是扬子江的流域，更近人间，更近人情的大河，它那两岸是青绿的桑麻，是连栉的房屋，在波鳞里泅着的是鱼是虾，不是长牙齿的鳄鱼，岸边听得见的也不是神秘的驼铃，是随熟的鸡犬声。这也许是斯拉夫与拉丁民族各有的异禀，在这两位大师的身上得到更集中的表现，

但他们润泽这苦旱的人间的使命是一致的。

十五年前一个下午，在巴黎的大街上，有一个穿马路的叫汽车给碰了，差一点没有死。他就是罗曼罗兰。那天他要是死了，巴黎也不会怎样的注意，至多报纸上本地新闻栏里登一条小字：“汽车肇祸，撞死了一个走路的，叫罗曼罗兰，年四十五岁，在大学里当过音乐史吏教授，曾经办过一种不出名的杂志叫 Cahiers de la Guinzaine 的。”

但罗兰不死，他不能死；他还得完成他分定的使命。在欧战爆裂的那一年，罗兰的天才，五十年来在无名的黑暗里埋着的，忽然取得了普遍的认识。从此他不仅是全欧心智与精神的领袖，他也是全世界一个灵感的泉源。他的声音仿佛是最高峰上的崩雪，回响在远近的万壑间。五年的大战毁了无数的生命与文化的成绩，但毁不了的是人类几个基本的信念与理想，在这无形的精神价值的战场上，罗兰永远是一个不仆的英雄。对着在恶门的漩涡里挣扎着的全欧，罗兰喊一声彼此是弟兄放手！对着蜘网似密布，疫疠似蔓延的怨恨，仇毒，虚妄，疯癫，罗兰集中他孤独的理智与情感的力量作战。对着普遍破坏的现象，罗兰伸出他单独的臂膀开始组织人道势力。对着叫褊浅的国家主义与恶毒的报复本能迷惑住的智识阶级，他大声唤醒他们应负的责任，要他们恢复思想的独立，救济盲目的群众。“在战场的空中”——“Above the Battle Field”——不是在战场上，在各民族共同的天空，不是在一国的领土内，我们听得罗兰的大声，也就是人道的呼声，像一阵光明的骤雨，激斗着地面上互杀的烈焰。罗兰的作战是有结果的，他联合了国际间自由的心灵，替未来的和平筑一层有力的基础。这是他自己的话：——

> 我们从战争得到一个付重价的利益，它替我们联合了各民族中不甘受流行的种族怨毒支配的心灵。这次的教训益发激励他们的精力，强固他们的意志。谁说人类友爱是一个绝望的理想？我再不怀疑未来的全欧一致的结合。我们不久可以实现那精神的统一。这战争只是它的热血的洗礼。

这是罗兰，勇敢的人道的战士！当他全国的刀锋一致向着德人的时候，他敢说不，真正的敌人是你们自己心怀里的仇毒。当全欧破碎成不可收拾的断片时，他想象到人类更完美的精神的统一。友爱与同情，他相信，永远是打倒仇恨与怨毒的利器；他永远不怀疑他的理想是最后的胜利者。在他的前面有托尔斯泰与道施滔奄夫斯基（虽则思想的形式不同）他的同时有泰戈尔与甘地（他们的思想的形式也不同），他们的立场是在高山的顶上，他们的视域在时间上是历史的全部，在空间里是人类的全体，他们的声音是天空里的雷震，他们的赠与是精神的慰安。我们都是牢狱里的囚犯，镣铐压住的，铁栏锢住的，难得有一丝雪亮暖和的阳光照上我们黝黑的脸面，难得有喜雀过路的欢声清醒我们昏沉的头脑。"重浊"，罗兰开始他的贝德花芬传：

> 重浊是我们周围的空气。这世界是叫一种凝厚的污浊的秽息给闷住了——一种卑琐的物质坐在我们的心里，压在我们的头上，叫所有民族与个人失却了自由工作的机会。我们全让掐住了转不过气来。来，让我们打开窗子好叫天空自由的空气进来，好叫我们呼吸古英雄们的呼吸。

打破固执的偏见来认识精神的统一；打破国界的偏见来认识人道的统一。这是罗兰与他同理想者的教训。解脱怨毒的束缚来实现思想的自由；反抗时代的压迫来恢复性灵的尊严。这是罗兰与他同理想者的教训。人生原是与苦俱来的；我们来做人的名分不是咒诅人生因为它给我们苦痛，我们正应在苦痛中学习，修养，觉悟，在苦痛中发现我们内蕴的宝藏，在苦痛中领会人生的真谛。英雄，罗兰最崇拜如密仡朗其罗与贝德花芬一类人道的英雄，不是别的，只是伟大的耐苦者。那些不朽的艺术家，谁不曾在苦痛中实现生命，实现艺术，实现宗教，实现一切的奥义？自己是个深感苦痛者，他推致他的同情给世上所有的受苦者；在他这受苦，这耐苦，是一种伟大，比事业的伟大更深沉的伟大。他要寻求的是地面上感悲哀感孤

独的灵魂。“人生是艰难的。谁不甘愿承受庸俗，他这辈子就是不断的奋斗。并且这往往是苦痛的奋斗，没有光彩，没有幸福，独自在孤单与沉默中挣扎。穷困压着你，家累累着你，无意味的沉闷的工作消耗你的精力，没有欢欣，没有希冀，没有同伴，你在这黑暗的道上甚至连一个在不幸中伸手给你的骨肉的机会都没有。”这受苦的概念便是罗兰人生哲学的起点，在这上面他求筑起一座强固的人道寓所。因此在他有名的传记里他用力传述先贤的苦难生涯，使我们憬悟至少在我们的苦痛里，我们不是孤独的，在我们切己的苦痛里隐藏着人道的消息与线索。“不快活的朋友们，不要过分的自伤，因为最伟大的人们也曾分尝味你们的苦味。我们正应得跟着他们的努奋自勉。假如我们觉得软弱，让我们靠着他们喘息。他们有安慰给我们。从他们的精神里放射着精力与仁慈。即使我们不研究他们的作品，即使我们听不到他们的声音，单从他们面上的光彩，单从他们曾经生活过的事实里，我们应得感悟到生命最伟大，最生产——甚至最快乐——的时候是在受苦痛的时候。”

我们不知道罗曼罗兰先生想象中的新中国是怎样的；我们不知道为什么他特别示意要听他的思想在新中国的回响。但如其他能知道新中国像我们自己知道它一样，他一定感觉与我们更密切的同情，更贴近的关系，也一定更急急的伸手给我们握着——因为你们知道，我也知道，什么是新中国只是新发现的深沉的悲哀与苦痛深深的盘伏在人生的底里！这也许是我个人新中国的解释；但如其有人拿一些时行的口号，什么打倒帝国主义等等，或是分裂与猜忌的现象，去报告罗兰先生说这是新中国，我再也不能预料他的感想了。

我已经没有时候与地位叙述罗兰的生平与著述；我只能匆匆的略说梗概。他是一个音乐的天才，在幼年音乐便是他的生命。他妈教他琴，在谐音的波动中他的童心便发现了不可言喻的快乐。莫察德与贝德花芬是他最早发见的英雄。所以在法国经受普鲁士战争爱国主义最高激的时候，这位年轻的圣人正在“敌人”的作品中尝味最高的艺术。他的自传里写着：“我们家里有好多旧的德国音乐书。德国？我懂得那个字的意义？在我们这一带我相信德国人从没有人见过的。我翻着那一堆旧书，爬在琴上拼出一个个的音符。这些流动的乐音，谐调的细流，灌溉着我的童心，像雨水漫入泥土似的淹了进去。莫察德与贝德花芬的快乐与苦痛，想望的幻梦，渐渐的变成了我的肉的肉，我的骨的骨。我是它们，它们是我。要没有它们我怎过得了我的日子？我小时生病危殆的时候，莫察德的一个调子就像爱人似的贴近我的枕衾看着我。长大的时候，每回逢着怀疑与懊丧，贝德花芬的音乐又在我的心里拨旺了永久生命的火星。每回我精神疲倦了，或是心上有不如意事，我就找我的琴去，在音乐中洗净我的烦愁。”

要认识罗兰的不仅应得读他神光焕发的传记，还得读他十卷的 Jean Christophe，在这书里他描写他的音乐的经验。

他在学堂里结识了莎士比亚，发见了诗与戏剧的神奇。他的哲学的灵感，与歌德一样，是泛神主义的斯宾诺塞。他早年的朋友是近代法国三大诗人：克洛岱尔（Paul Claudel 法国驻日大使），Ande Suares，与 Charles Peguy（后来与他同办 Cahioers de la Quinzaine）。那时槐格纳是压倒一时的天才，也是罗兰与他少年朋友们的英雄。但在他个人更重要的一个影响是托尔斯泰。他早就读他的著作，十分的爱慕他，后来他念了他的艺术论，那只俄国的老象——用一个偷来的比喻——走进了艺术的花园里去，左一脚踩倒了一盆花，那是莎士比亚，右一脚又踩倒了一盆花，那是贝德花芬，这时候少年的罗曼罗兰走到了他的思想的歧路了。莎氏、贝氏、托氏，同是他的英雄，但托氏愤愤的申斥莎贝一流的作者，说他们的艺术都是要不得，不相干的，不是真的人道的艺术——他早年的自己也是要不得不相干的。在罗兰一个热烈的寻求真理者，这来就好似青天里一个霹雳；他再也忍不住他的疑虑。他写了一封信给托尔斯泰，陈述他的冲突的心理。他那年二十二岁。过了几个星期罗兰差不多把那信忘都忘了，一天忽然接到一封邮件：三十八满页写的一封长信，伟大的托尔斯泰的亲笔给这不知名的法国少年的！“亲爱的兄弟，”那六十老人称呼他，“我接到你的第一封信，我深深的受感在心。我念你的信，泪水在我的眼里。”下面说他艺术的见解：我们投入人生的动机不应是为艺术的爱，而应是为人类的爱。只有经

受这样灵感的人才可以希望在他的一生实现一些值得一做的事业。这还是他的老话，但少年的罗兰受深彻感动的地方是在这一时代的圣人竟然这样恳切的同情他，安慰他，指示他，一个无名的异邦人。他那时的感奋我们可以约略想象。因此罗兰这几十年来每逢少年人有信给他，他没有不亲笔作复，用一样慈爱诚挚的心对待他的后辈。这来受他的灵感的少年人更不知多少了。这是一件含奖励性的事实。我们从可以知道凡是一件不勉强的善事就比如春天的薰风，它一路来散布着生命的种子，唤醒活泼的世界。

但罗兰那时离着成名的日子还远，虽则他从幼年起只是不懈的努力。他还得经尝身世的失望（他的结婚是不幸的，近三十年来他几于完全隐士的生涯，他现在瑞士的鲁山，听说与他妹子同居），种种精神的苦痛，才能实受他的劳力的报酬——他的天才的认识与接受。他写了十二部长篇剧本，三部最著名的传记（密仡朗其罗、贝德花芬、托尔斯泰），十大篇 Jean Christophe，算是这时代里最重要的作品的一部，还有他与他的朋友办了十五年灰色的杂志，但他的名字还是在晦塞的灰堆里掩着——直到他将近五十岁那年，这世界方才开始惊讶他的异彩。贝德花芬有几句话，我想可以一样适用到一生劳悴不恕的罗兰身上：——

> 我没有朋友，我必得单独过活；但是我知道在我心灵的底里上帝是近着我，比别人更近。我走近他我心里不害怕，我一向认识他的。我从不着急我自己的音乐，那不是坏运所能颠仆的，谁要能懂得它，它就有力量使他解除折磨旁人的苦恼。

（原刊一九二五年十月三十一日《晨报副刊》，
收入《巴黎的鳞爪》）

徐志摩生平年表

一八九七年

一月十五日，生于浙江省海宁县硖石镇。

一九〇〇年

入家塾从孙荫轩读书，聪明过人。

一九〇七年

入硖石镇开智学堂读书。

一九一〇年

春，入杭州府一中学习，同学中有郁达夫等。

一九一三年

春，杭州府一中改名为杭州第一中学，七月，徐志摩在校刊《友声》第一期上发表《论小说与社会之关系》。

一九一五年

夏，毕业于杭州第一中学。秋，与张幼仪在硖石结婚。婚后，考入上海浸信会学院。

一九一六年

秋，入天津北洋大学法科预科学习。

一九一七年

毕业于北洋大学法科预科，考入北京大学法科。

一九一八年

四月，长子积锴生于硖石，六月，由张君劢介绍，拜梁启超为师。

八月，从上海乘南京号轮赴美留学，入美国克拉克大学历史系学习。

一九一九年

九月，毕业于克拉克大学，获校一等荣誉奖。同月入哥伦比亚大学经济系攻读硕士学位。

一九二〇年

九月，获哥伦比亚大学硕士学位。离美，取道巴黎赴英国。十月入伦敦大学政治经济学院。

一九二一年

春，转入剑桥大学王家学院。开始写新诗。秋，张幼仪赴德求学。

一九二二年

二月二十四日，次子德生生于柏林。三月，在柏林由吴经熊、金岳霖作证，与张幼仪离婚。八月，从英国剑桥大学启程回国，抵上海。

一九二三年

春，在北京松坡图书馆任干事。

一九二四年

任北京大学教授，与陆小曼相识。四月，泰戈尔应北京讲学社邀请访华抵达上海，徐志摩代表北方学界前往上海欢迎。

一九二五年

三月，从北京启程，经苏联，赴欧洲旅行。三月，次子德生死于柏林，三月赶赴柏林。七月，陆小曼生病，兼程回国探望。八月，诗集《志摩的诗》自费出版。

一九二六年

六月，散文集《落叶》由北京北新书局出版。十月由梁启超证婚，胡适介绍人与陆小曼在北海结婚。

一九二七年

秋，任上海光华大学教授，兼任东吴大学法学院教授。八月，散文集《巴黎的鳞爪》由上海新月书店出版。九月，诗集《翡冷翠的一夜》由上海新月书店出版。

一九二八年

一月，散文集《自剖》由上海新月书店出版。三月，主编的《新月》月刊创刊，任主编。六月中旬，出国旅行，先后去日本、美国、英国、法国、印度。八月，删改后的《志摩的诗》由上海新月书店出版。

一九二九年

在上海光华大学及南京中央大学英文系任教，兼任中华书局编辑。秋，在上海暨南大学作题为《秋》的演讲。这篇讲稿，后由赵家壁交良友图书公司出版。

一九三〇年（三十四岁）

四月，小说集《轮盘》由中华书局出版。秋，辞去南京中央大学教授职务。冬，光华大学闹学潮，离开光华大学。冬，任中英文化基金委员会委员。

一九三一年（三十五岁）

一月，主编的《诗刊》创刊。二月，应胡适邀请去北京大学英文系任教授,兼任北京女子大学教授。八月，诗集《猛虎集》由新月书店出版。十一月十九日，由南京搭机飞北平，飞机在济南党家庄附近，遇大雾撞山坠毁，罹难，享年三十五岁。